Par trente-six chemins

Robert Lamoureux

Par trente-six chemins

Plon

ISBN : 2-259-19038-3

Courant juillet 1919, à Saint-Mandé, Seine, probablement dans la salle à manger du pavillon, Alice Lamoureux, vingt-cinq ans, célibataire, dut avouer à son père, Félix, qui s'inquiétait de sa petite mine et de son air soucieux, qu'elle était enceinte de trois mois, et que le glorieux rescapé du fort de Verdun auquel elle avait succombé, un artilleur en transit cicatrisant dans un hôpital militaire parisien, ne l'épouserait pas. Pour la raison qu'il était déjà marié et père de famille dans les Charentes.

À l'époque où se situent les faits, la faute était gravissime. À Saint-Mandé, et plus particulièrement dans la partie ouest, résidentielle et bien-pensante, on jugerait, on condamnerait. Félix Lamoureux, horticulteur, on dirait aujourd'hui jardinier paysagiste, allait y perdre l'honneur et la moitié de sa clientèle. Pas question de laisser Alice s'arrondir ni, plus tard, pousser le landau de la honte sous les yeux du voisinage, elle devait quitter la maison.

Marguerite, la maman, eût plaidé le pardon, rappelé que la conduite de leur fille jusqu'à ce faux pas avec l'artilleur avait toujours été irréprochable. Mais Marguerite n'était plus de ce monde depuis dix ans. Jean, le frère cadet d'Alice, adorait sa sœur et jugea sévèrement l'attitude de son père. Mais dépendant de lui pour la nourriture et l'argent de poche, il craignait des représailles et n'intervint pas.

Il n'était pas dans le caractère d'Alice de larmoyer, de supplier. Elle accepta sans broncher la décision, bourra sur-le-champ une valise, embrassa son frère et nous partîmes.

Le temps de se retourner, Alice habita chez sa sœur Amélie qui vivait avec son mari et ses quatre enfants dans l'un des premiers immeubles à loyer modéré bordant l'avenue Daumesnil, près de la Bastille. Le prix du loyer déjà « modéré » aurait pu être encore abaissé des deux tiers. Trois pièces exiguës dont les fenêtres ouvraient sur les voies de chemin de fer de la Petite Ceinture. Des locomotives sifflantes et charbonneuses, qu'en se penchant on pouvait toucher de la main, manœuvraient de jour comme de nuit de la cuisine à la chambre du fond.

Alice, entourée d'affection, mais que le trafic ferroviaire rendait nerveuse, écourta le séjour et loua une chambre au calme dans le XIe arrondissement pour y poursuivre sa grossesse. Elle trouva un emploi peu fatigant d'emballeuse de produits pharmaceutiques et me mit au monde le 4 janvier 1920. Elle me prénomma Robert, Marcel, Adolphe, et je fus déclaré né d'Alice Lamoureux et de père inconnu. « Né de père inconnu » est une formule administrative, ma mère connaissait parfaitement mon père.

Nous nous organisâmes. Ma mère me déposait le matin à la crèche en allant à l'emballage et m'y reprenait le soir.

J'avais huit mois lorsqu'elle reçut la visite de son frère Jean, porteur d'un message. Félix Lamoureux, bravant le qu'en-dira-t-on, souhaitait le retour de sa fille. Il pardonnait. La chambre d'Alice venait d'être refaite. Elle déciderait de quel côté du lit on placerait le berceau du petit-fils. Peut-être consentirait-elle, entre deux bouillies, à reprendre en main la comptabilité de l'entreprise délaissée depuis son départ.

L'avenue Sainte-Marie à Saint-Mandé relie encore les joueurs de boules du bois de Vincennes aux canards du lac Daumesnil. À mi-chemin entre les boules et les canards se trouvait le 62 *bis*. C'est aujourd'hui un immeuble. Autrefois, franchie une grille surmontée de glycine on pénétrait dans une cour pavée toute en longueur. À gauche un mur où la glycine prolongeait ses grappes, à droite deux maisons accolées dont l'une avait une façade sur l'avenue. Au fond de la cour, une lourde bâtisse de deux étages en pierres meulières, le pavillon des Lamoureux. Au-delà s'étendait un vaste jardin. Grand-père, aidé de mon oncle Jean et d'un ouvrier, y élevait la pensée, la rose et la pâquerette. Elles allaient, adultes, border les allées gravillonnées des riches propriétés saint-mandéennes. Mes premières années s'écoulèrent parmi les fleurs, en serre ou sous châssis. J'ai possédé tôt un potager d'un mètre carré où je guettais, plein d'une juvénile impatience, l'apparition des premières feuilles de radis.

J'ai failli mourir à l'âge de quatre ans. Naturellement chétif, je ne pesais plus, malade, brûlant de fièvre, que quelques grammes. Le médecin de famille diagnostiqua la typhoïde, cause fréquente de décès à l'époque, m'estima perdu, perçut ses honoraires et s'en alla. Ma mère appela un autre médecin, le docteur Lasnier, qui diagnostiqua la typhoïde, fit remplir d'eau une lessiveuse et envoya chercher un pain de glace de dix kilos au café voisin. On me déshabilla et lorsque grâce au pain l'eau de la lessiveuse avoisina le zéro, le docteur y plongea un drap dont il m'enveloppa ensuite, cela ne s'oublie pas, et me déposa, hurlant, sur le lit. Puis il rassura ma mère d'un sourire, perçut ses honoraires et s'en alla.

Pourquoi raconter cela ? Parce que plus tard je fis la connaissance de Jean Lasnier, le fils du médecin. Il était professeur de mathématiques au lycée Janson-de-Sailly. Je dois la vie au père, je dirai plus loin ce que je dois au fils.

À cinq ans on me mit en pension chez une cousine, veuve de guerre, qui possédait une ferme dans le Berry. L'oncle Jean était atteint de tuberculose, on craignait pour moi la contagion. La ferme, choisie à la hâte par la tante Amélie, était misérable. Une pièce unique où nous cohabitions avec la Blanchette et son veau. Le visage de la fermière s'est effacé mais je me souviens qu'elle s'immobilisait parfois dans la cour ou dans le pré, écartait les jambes et pissait debout, sous la jupe. Je me souviens aussi d'un canard courant sans sa tête restée sur le billot. Chaque semaine ma mère m'adressait des friandises contenues dans une boîte à chaussures. Ces colis qu'elle avait confectionnés de ses mains me bouleversaient. Aucun enfant n'a jamais autant pleuré en suçant des bonbons.

Plusieurs mois s'écoulèrent, le temps pour moi d'acquérir un solide accent berrichon, puis ma mère vint me rechercher. Elle était vêtue de noir. L'oncle Jean était mort. Il avait vingt-cinq ans. Sa main avait tenu la mienne pour m'aider à tracer mes premiers bâtons. Je retrouvai un grand-père brisé, cloué dans un fauteuil, le regard vide, une main agitée d'un violent tremblement.

Des clayettes au pavillon tout fut vendu.

Nous habitâmes l'une des maisonnettes qui précédaient le pavillon. Étroite construction de deux étages, en briques roses, dont les fenêtres ouvraient sur l'avenue.

Maman trouva un emploi de receveuse de tramway. La tâche était rude. Huit heures par jour, tantôt du matin, tantôt du soir, été comme hiver, ventée, trempée de pluie ou mourant de chaud sous l'uniforme, elle percevait les places et tirait le cordon du départ, attentive à stopper la rame lorsqu'un retardataire gesticulant apparaissait au loin.

Le jeudi, par beau temps, j'accompagnais ma mère à son travail. Je me tenais sur la plate-forme arrière, la barre d'appui à la hauteur du nez. Aux voyageurs qui venaient m'y rejoindre j'aimais faire savoir que j'étais le fils de la receveuse, maître à bord après Dieu. Bastille-Maisons-Alfort aller-retour trois ou quatre fois dans la journée. J'ai vu sur les bords de l'avenue Daumesnil s'élever le temple d'Angkor, clou de l'Exposition coloniale, symbole en stuc de nos possessions d'outre-mer.

Sous un faible volume, un mètre cinquante-huit, quarante-six kilos, ma mère possédait une prodigieuse énergie. On admirait sa vaillance. Aux huit heures de tramway elle ajoutait quotidiennement autant d'heures de soins au fils et au grand-père. Ne lui restait plus alors qu'à s'occuper du ménage, des courses, de la cuisine, de la lessive et du repassage.

Création et premier tirage de la Loterie nationale. Cent francs le billet. C'est cher — le dixième viendra plus tard — mais le gros lot est de cinq millions, la France entière tente sa chance.

Grand-père extrait le plus gros de la somme d'une pile de draps et casse la poire en plâtre, des un sou, deux sous, cinq sous, pour faire l'appoint.

La France entière perd cent francs à l'exception de Monsieur Bonhour, un coiffeur marseillais. Après deux ans de foires folles et de générosités excessives, le coiffeur mourra dans la misère, salon vendu.

Nous conserverons longtemps le billet perdant et périmé. Jusqu'à l'heure du tirage il valait cinq millions, ce billet ! Tant de projets, tant de rêves ! On ne déchire pas un billet qui a valu cinq millions !

La santé du grand-père déclina rapidement, nécessitant une surveillance permanente que ma mère ne pouvait pas assurer. Elle le fit admettre dans un asile de vieillards où elle alla le voir chaque jour jusqu'à sa mort.

C'était un homme taciturne, peu démonstratif. Il nous aimait sans qu'il y parût.

Ma mère sur son tramway, j'ai grandi seul.

Je trouvais chaque jour répandus dans la maison de courts billets signés « Ta maman qui t'aime » me rappelant qu'il fallait éteindre le gaz, faire mes devoirs, mettre la clef sous le paillasson, prendre le pain chez l'épicier et tenter de retrouver mon béret. La cantine de l'école étant, selon ma mère, destinée aux pauvres, je rentrais déjeuner à la maison. J'ai su bien avant ma dixième année trier des lentilles, écosser des pois, casser des œufs et faire l'omelette.

Malgré de faibles ressources ma mère veillait à ce que je sois le garçonnet le mieux habillé de la région. Je ne cuisinais qu'avec des produits de première qualité.

Les voisins surveillaient ma conduite. Se substituant à ma mère lorsqu'elle était à son travail, l'avenue Sainte-Marie dans toute sa longueur observait mes faits et gestes et cafardait mes écarts. Impossible de me suspendre aux ridelles du laitier, de partir en retard pour l'école sans que ma mère en soit tôt ou tard informée. Ce qui me valait d'être puni pour des délits commis la semaine précédente et dont je n'avais plus le souvenir.

Victime du même esprit d'entraide j'étais fréquemment invité à partager les repas des familles voisines.

— Ta mère est là ?

— Non !

— Monte !

J'ai assisté à de nombreuses scènes de ménage. J'ai vu des enfants tétanisés par des pères abusifs et parfois pris de boisson. Je préférais déjeuner ou dîner seul, les coudes sur la table, en compagnie des *Pieds Nickelés* appuyés contre la bouteille d'eau du robinet qu'égayaient les Lithinés du docteur Gustin.

Il m'arrivait de prendre mes repas chez Berthelot, un restaurant façon « Comme chez soi » en face de notre maison. On n'y affichait complet que deux fois l'an, quand Mme Berthelot recevait sa famille. C'était une femme courte et large, avec une poitrine considérable. Sa voix faisait trembler les lourds siphons d'eau de Seltz sur le comptoir. Elle m'asseyait devant des rations énormes dont la seule vue me coupait l'appétit.

— Mais, madame...

— Tais-toi ! Mange ! T'es déjà pas gros !

M. Berthelot, un homme doux et discret, s'était astucieusement fondé une entreprise de déménagements pour tous pays. Il pouvait ainsi, sur des routes défoncées, goûter le reposant murmure de son camion dépourvu d'amortisseurs.

Nul ne peut dire ce qu'un enfant élevé sans père gagne ou perd à cette absence. Confronté à un univers incomplet, il va s'en accommoder selon sa nature, compenser comme il pourra les manques inévitables. On connaît de belles réussites chez les semi-orphelins.

L'immense amour de ma mère pourvoyant à tout, j'ai été heureux sans père et peu soucieux de savoir pourquoi je n'en avais pas. Et sur ce point ma mère gardait le silence. Me laissant libre de répondre ce qui me passait par la tête lorsqu'on me demandait où était mon papa. Selon mes lectures du moment il pouvait être prisonnier des Mohicans ou vingt mille lieues sous les mers.

J'aurais pu répondre qu'il était mort mais je ne le croyais pas. Ma mère n'en eût pas fait un secret.

Quelle enfance heureuse aurait été la mienne s'il n'y avait pas eu l'école où rien ne m'intéressait ! *Paresseux, inattentif*, traduisaient parfaitement une incapacité maladive, dont je souffre encore aujourd'hui, à me concentrer ne fût-ce qu'une minute sur ce qui ne m'amusait pas. *Peut mieux faire* ne figura jamais dans les marges de mes cahiers, la formule comportant un espoir que mes maîtres n'entretenaient pas.

À dix ans ma mère m'inscrivit au patronage catholique de Saint-Mandé. Enseignement religieux et basket. Joueur médiocre, médiocre chrétien. J'ai peu de souffle et j'ai peine à croire.

Il était important d'assister à la messe le dimanche matin. Je m'en dispensais mais je faisais l'effort d'être présent sur le parvis, à la fin de l'office, mêlé aux sortants. J'en suis resté là dans mes rapports avec l'Église : sur le parvis.

De ma première communion je garde le souvenir d'une cérémonie interminable et costumée, suivie d'un repas de famille au cours duquel je reçus des claques pour avoir goûté au dessert avant l'heure.

En 1932, contre toute attente, j'obtins le certificat d'études.

À l'approche des grandes vacances de cette année triomphale, ma mère me dit :

— Cet été, nous irons passer quelques jours dans les environs d'Angoulême !

Je devinai, je sus à l'instant même.

— Voir mon père !

— Oui !

Et nous n'en parlâmes plus.

Un mois plus tard nous pénétrions dans une modeste auberge située entre une route poudreuse et une rivière à écrevisses. L'aubergiste, sa femme et leur gamine nous accueillirent avec beaucoup de gentillesse. Deux chambres avaient été retenues.

Lorsque je m'éveillai le lendemain matin, ma mère était sortie. On me dit de ne pas m'inquiéter et on me servit le petit déjeuner dans la cour où somnolait un cheval attelé à une carriole vide.

Ma mère revint en compagnie d'un homme, grand, mince, grisonnant. Ils s'arrêtèrent, l'un près de l'autre, à quelques pas de moi. Je vis que ma mère avait pleuré. L'homme me regardait fixement comme si j'étais tombé du ciel devant lui. Puis il s'approcha, posa ses mains sur mes épaules et m'embrassa longuement sur le front.

Je ne doutais pas que ce fût mon père. Pourtant je ne me souviens pas d'avoir été bouleversé par la rencontre. Sans doute n'est-il pas naturel de faire la connaissance de son père l'année du certificat d'études.

Il tint un long moment ma mère dans ses bras, ce qui me fit un étrange effet, puis il monta dans la carriole et disparut. Retenant ses larmes ma mère regagna sa chambre.

Elle descendit, apaisée, pour déjeuner. Pas un mot sur les retrouvailles du matin. Nous parlâmes de notre retour à Saint-Mandé, nous fîmes des projets où, à mon grand soulagement, ne figurait pas ce père tardivement rencontré.

Mon père, le monsieur, le type, papa, revint dans l'après-midi. Il souhaitait m'emmener chez lui. Ma mère approuva et me pressa d'accepter. Ce que je fis avec joie sans chercher à comprendre. Une promenade en carriole, cela ne se refuse pas ! Je m'assis près de mon père qui ramassa les rênes, claqua de la langue et nous partîmes. Maman, immobile, la tête penchée, nous suivit longtemps des yeux.

— Et maman ? Elle ne pouvait pas venir avec moi ?

Il sourit avant de répondre.

— Si ! Elle pouvait ! Mais elle ne veut pas !

Il ajouta, au terme d'un long soupir :

— Et quand ta mère ne veut pas...

Il me sembla, soudain, moins étranger.

Il faisait beau et chaud. Nous cahotions entre des blés mûrs et des haies de noisetiers. Je craignais que le père, profitant du tête-à-tête, ne tentât de m'expliquer pourquoi il n'était pas le mari de ma mère. Il s'abstint. Nous bavardâmes le plus naturellement qu'il était possible. Il me félicita pour mon certificat d'études dont ma mère lui avait parlé avec un légitime orgueil et m'interrogea sur ce que je voulais faire plus tard. Il apprit ainsi que je serais aviateur puis il m'offrit de conduire la carriole. Les risques étaient nuls. La bête très âgée connaissait la route, allait d'un train paisible et n'en démordit pas.

— Il faut aimer ta maman très fort... Ne jamais lui faire de peine...

Une demi-heure plus tard nous franchîmes une rivière. C'était là. Une grande cour. À droite, sur la rivière, un moulin, à gauche la maison d'habitation, importante et grise. Le bruit de la carriole, qu'on devait guetter, fit apparaître sur le seuil une femme et trois enfants. La famille de mon père. Deux garçons, l'un plus âgé que moi, me sembla-t-il, l'autre garçon et une fillette plus jeunes. Je sautai de la carriole. Bref embarras : devais-je tendre la joue ou la main ? Mais la femme vint à moi et m'embrassa très simplement. Les enfants m'embrassèrent aussi et nous entrâmes dans la salle commune. C'était l'heure de goûter. La femme de mon père avait fait une tarte.

Objet de curiosité, ce qui n'était pas pour me déplaire, je répondis à mille questions. La mère et le père souriaient en m'écoutant, les enfants écarquillaient les yeux. Puis les demi-frères et sœur m'emmenèrent au moulin. Il ne moulait plus rien depuis longtemps. La rivière heurtait en bruissant la grande roue immobile dont les aubes étaient couvertes de mousse. En amont un important élevage de truites. En aval, dans des briques creuses posées sur les cailloux de la rivière, se reproduisaient des écrevisses. Paisible industrie dont vivait la famille.

L'aîné des garçons m'interrogea :

— Tu t'appelles Lamoureux ?

— Oui !

— Nous, c'est Cadet !

À la nuit tombante le père me ramena à l'auberge. J'avais passé une délicieuse journée que je dus raconter par le détail à ma mère. L'accueil ? Comment étaient la dame, les enfants ? Et comment la maison, comment le moulin.

Nous restâmes en ces lieux une grande semaine pendant laquelle je retournai chez mon père trois ou quatre fois.

Selon l'aubergiste qui le connaissait depuis fort longtemps, mon père était un brave type. On l'aimait bien.

— Un peu... original, voyez ?

Ajoutait l'aubergiste pour qui élever des truites et des écrevisses dans un région vinicole n'était évidemment pas sérieux.

Puis nous revînmes à Saint-Mandé où il ne fut plus question de ces étranges vacances.

Au cours de l'hiver mon père vint à Paris.

Nous l'attendîmes sur le quai. En sortant de la gare il fut terrassé par une crise cardiaque.

Quelques jours plus tard nous lui rendîmes visite dans un hôpital. Il allait mieux mais devait rentrer chez lui.

Il mourut l'année suivante.

Je correspondis quelque temps avec l'aîné des fils. Puis plus rien.

ᔕ

Je ne ne suis pas en mesure d'expliquer comment mon père et ma mère se sont retrouvés. S'étaient-ils seulement perdus ? Je ne sais rien. Ma mère a gardé le silence. La crainte qu'elle pût être embarrassée pour me répondre m'a interdit de l'interroger et c'eût été la trahir que d'interroger, à son insu, ceux qui pouvaient savoir.

L'hypothèse la plus vraisemblable est que mon père est rentré chez lui en 1919 ignorant que ma mère était enceinte. Elle s'est tue et a seule assumé la faute. Quand j'eus mes douze ans auréolés de mon succès scolaire, elle n'y tint plus. Il fallait faire connaître à son père ce fils dont l'avenir s'annonçait si brillant.

Ma mère ne s'est pas mariée. Aucun homme n'a jamais franchi le seuil de notre maison.

ᔕ

Si l'année du certificat fut moins médiocre que les précédentes, c'est que ma mère rendit visite au maître à la rentrée d'octobre. Elle m'élevait seule et ne pouvait pas s'occuper de moi. Le maître en tint compte. Des interrogations plus fréquentes, des notes indulgentes, des bons points de faveur, accompagnés d'un sourire. Chouchouté, je fis des merveilles. Un jour même une rédaction que je lui remis lui parut si amusante qu'elle fit le tour de l'école et fut servie en dictée.

J'avais un copain, Robert-André Vivien, futur ministre, authentique héros de toutes les guerres à venir, qui habitait avenue Herbillon, voisine de l'avenue Sainte-Marie. Chaque jour, une galoche sur le trottoir, l'autre dans le caniveau, nous faisions ensemble, aller et retour, le trajet de l'école.

Je l'admirais. Un volcan. Il était à l'origine de toutes les bagarres qui se déclenchaient pendant les récréations. L'homme tiendra les promesses de l'enfant.

Je vous reparlerai de Robert-André beaucoup plus tard, lorsque j'aurai des opinions politiques.

Les deux années qui suivirent furent catastrophiques. Séparé du bon maître, ignoré dans de nouvelles classes de quarante élèves, j'accumulais les punitions. Bientôt je ne fis plus mes devoirs, je n'appris plus mes leçons. J'en vins à dissimuler mes notes à ma mère, à imiter sa signature au bas des bulletins.

Un après-midi de mai, cours de géométrie. Je viens de tracer à l'encre de Chine un isocèle baveux sur la feuille de papier Canson. Je vais encore écoper. Je n'en peux plus. Le prof à son bureau est penché sur des cahiers, les élèves, langue pendante d'application, jouent du tire-ligne. Je range en silence mes affaires dans le cartable. Sur la pointe des pieds je gagne la porte de la classe que je referme sans bruit derrière moi. Course folle dans le couloir pour atteindre l'escalier. Deux étages, que je dévale. La loge du concierge, devant laquelle je passe en rasant le sol. La rue !

Que va dire ma mère ?

Je vais me plaindre — pas trop, qu'on ne s'inquiète pas — de diverses douleurs, difficiles à localiser. J'obtiens ainsi quelques jours de repos que je mets à profit pour atteindre mon objectif : ne plus retourner à l'école.

Unique argument, mais solide : nous ne sommes pas riches. On joint les deux bouts en tirant fort pour les rapprocher. Nous ne partons jamais en vacances et l'achat d'une paire de chaussures chez Pillot, faubourg Saint-Antoine, ne se décide qu'après de savants calculs. Et si, proposais-je à ma mère, au lieu de perdre mon temps à l'école, où les maîtres ne font rien que me contrarier, j'allais travailler, gagner un peu d'argent ? Dans les familles modestes, quatorze ans, c'est l'âge où on entre dans la vie active.

Quarante-huit heures plus tard, au service de M. Grenèche, l'épicier, je déposais avant le lever du jour dans des immeubles encore silencieux des journaux et des bouteilles de lait sur les paillassons.

Je vais, de ma quatorzième à ma vingtième année, occuper de nombreux emplois. J'ignore ce qu'il en était du chômage pour les cadres et les ouvriers spécialisés à cette époque bénie de l'avant-guerre, mais pour un jeune sans qualification et payé 0,60 F de l'heure, l'embauche s'affichait aux portes des plus modestes entreprises. Lorsque j'abandonnais la maçonnerie, la plonge ou le vernissage pour incompatibilité avec le contremaître, intolérance aux odeurs ou plus simplement parce qu'il faisait trop beau pour rester enfermé, j'étais certain de retrouver du travail après trois jours de détente.

Brune aux yeux noirs, Denise était vendeuse dans une mercerie à Saint-Mandé. Elle avait dix-huit ans, j'en avais seize.

Sur l'initiative de Denise nous nous engageâmes un soir au plus épais du bois de Vincennes.

Je rentrai chez moi en état d'ivresse, sous une pluie battante.

Singing in the rain !

1936.

La semaine de quarante heures !

La mode est au camping. Le vendredi soir les gares parisiennes bourdonnent de jeunes travailleurs. Trois nuits, deux jours dans les forêts ou dans les champs ! On s'est équipé *Au Campeur*, rue de Rivoli. Brodequins cloutés jusqu'aux lacets, socquettes blanches sur chaussettes montantes, culotte courte en velours côtelé, sac au dos. Au sommet du sac, surmontant la tente et la couverture roulées, la gamelle et le bidon. Les pouces dans les bretelles et le couteau suisse — dix lames — à la ceinture, garçons et filles s'interpellent sur les quais. Les trains s'ébranlent. On rit sur les genoux les uns des autres dans des wagons bondés. Et c'est Chantilly, Sénart, Rambouillet, Fontainebleau, les sables de Nemours ou d'Ermenonville.

À la lumière des lampes de poche on montera la tente, on cuira les pâtes puis on chantera autour du feu.

Là-haut sur la montagne
Y avait un vieux chalet...

Le lundi matin, sans passer par chez soi, abruti par un voyage de retour trop matinal, on rejoindra l'usine ou le bureau.

Dans le même temps, de l'autre côté du Rhin, après quarante-huit heures de tir à balles réelles, des Allemands de notre âge regagneront dispos, frais lavés, en chemise brune et au pas cadencé...

Deutschland über alles...

... leur université.

Je découvre dans la cave du patronage une panière de théâtre en osier remplie de livres scolaires écornés, tachés d'encre, mis au rebut. J'écarte avec dégoût les maths, la grammaire, l'histoire et la géo pour feuilleter distraitement la littérature, fascicules Hachette, extraits commentés d'œuvres du XVIe et du XVIIe siècle. Des auteurs dont j'ai vaguement perçu les noms pendant les cours de français deux ans plus tôt. Je feuillette. — *Que vouliez-vous qu'il fît contre trois ? Qu'il mourût !* — Intéressé, j'emporte chez moi deux kilos de XVIe et de XVIIe.

Émerveillement ! Comme ils sont simples et clairs ces auteurs de génie !

Culture brouillonne, de surface et qui ne fait pas l'homme cultivé. Mais doit-on être cultivé pour comprendre et aimer Montaigne, Ronsard, La Bruyère et Molière ?

À ces lectures j'ajoute une anthologie des humoristes anglais et américains contemporains, dont me fait cadeau Jean Lasnier, le fils du médecin au pain de glace. Une littérature également enrichissante ! Les contes de Mark Twain, P.G. Wodehouse, les nouvelles d'O'Henry seront plus tard les sources de mes monologues.

1939.

Jusque-là indifférent aux dramatiques événements qui secouaient l'Europe, j'en eus connaissance par les actualités Pathé que projetait le cinéma Saint-Mandé Palace où m'attirait Danielle Darrieux. Je découvris les célébrités de la politique internationale, Chamberlain, Daladier et Adolf Hitler. Chaque mercredi les deux hommes d'État anglais et français allaient sauver la paix à Munich où résidait le chancelier. Bref entretien au cours duquel le chancelier s'engageait à ne plus déborder de ses frontières et à cultiver son jardin. Puis, courtois, il raccompagnait les deux hommes jusque sur le perron. Chamberlain et Daladier lui serraient chaleureusement la main en s'excusant encore du dérangement. On voyait enfin l'Anglais et le Français de retour dans leur capitale respective brandir les trois feuillets du dernier traité en date devant une foule délirante de reconnaissance. Le mercredi suivant, le chancelier ayant fait du dernier traité en date comme des précédents un chiffon de papier et annexé pendant le week-end, nouveau déplacement à Munich. La scène se répétant chaque mercredi devint ennuyeuse, on n'y prêta plus attention. Le chancelier, lui-même lassé de ces visites, décida de ne plus recevoir personne. Chamberlain et Daladier disparurent du Saint-Mandé Palace.

Courant septembre on mit des rubans adhésifs aux fenêtres et aux vitrines, les murs eurent des oreilles dont nous dûmes nous méfier, statues et ministères disparurent sous des sacs de sable et nous portâmes en bandoulière une boîte contenant un masque à gaz bientôt remplacé par le casse-croûte du matin. C'était la guerre.

Une guerre qui commença mollement. De l'automne 1939 au printemps de 1940, les armées en présence se limitèrent à des actions de reconnaissance. Les commandos français franchissant les lignes allemandes croisaient les commandos allemands franchissant nos lignes. Quelques égarés des deux camps furent tués ou faits prisonniers.

Le 10 mai 1940 l'armée allemande dans sa totalité déclencha une opération de reconnaissance qui devait la conduire à Bordeaux en un mois.

Trois jours plus tôt j'avais quitté Saint-Mandé pour Issoire, Puy-de-Dôme, où j'étais mobilisé.

Ma mère m'embrassa sous la glycine du portail.

— Va, mon grand... Et fais ton devoir !

Elle était d'un temps où, à la communale, on enseignait l'amour de la patrie. Et le souvenir des héroïques poilus de 14 était encore frais.

— Oui, m'man !

Un copain dispensé de guerre à cause d'un pied bot m'accompagna jusqu'à la gare de Lyon.

— Les Boches, tu vas leur en foutre un bon coup sur la gueule !

— Tu parles !

Et je montai dans le train où saucissonnaient déjà mille « classe 40, premier contingent ».

À Issoire, à peine eus-je le temps d'apprendre ce qui distingue un lieutenant d'un colonel que l'ennemi survint. Nos chefs envisagèrent un instant d'arrêter sa progression, de lui opposer nos canons et nos poitrines, etc., mais la sagesse l'emporta sur la témérité et nous nous repliâmes. Un train de marchandises emporta le contenu de la caserne trois cents kilomètres plus au sud. Nous atteignîmes Anduze, Gard, après deux jours de voyage.

Le train fréquemment mitraillé stoppait parfois dans une région boisée. Tandis que nous nous réfugiions sous les wagons, Robert Delprat, comme moi 2e classe, charmant, passionné de jazz, et fluet au point qu'il aurait tenu à l'aise dans une manche de sa capote, franchissait le remblai et disparaissait sous les branches. Le train sifflait trois fois lorsque les avions s'éloignaient, nous remontions dans les wagons. Delprat ressortait du bois, nous rejoignait en courant. Il avait cueilli des fraises.

Anduze.

Le train s'immobilise sur une voie de garage. La petite ville déborde de réfugiés, les sans-grade que nous sommes logent dans les wagons. Il fait une chaleur accablante. Le lendemain de notre arrivée, dans l'après-midi, on cherche le frais. Sous les wagons, allongés sur les rails, entre les roues. Certains s'asseyent, jambes pendantes, dans l'ouverture des portes coulissantes par où circule un léger courant d'air. Et c'est la tragédie. L'aiguillage qui nous a mené sur la voie de garage n'est pas rétabli et un second train de militaires filant vers Nîmes s'engage sur la même voie, et nous tamponne. Les wagons en bois explosent littéralement. Le toit du wagon où je bouquine s'envole tandis que je suis projeté contre une paroi. Je saute hors du wagon. Une clameur, des hurlements, des râles, des appels au secours s'élèvent de la ferraille. Des garçons déchiquetés, hachés par les roues. Les lourdes portes que le choc a violemment refermées ont cisaillé des jambes, des torses, ou, s'échappant de leur rail, se sont abattues sur des dormeurs. L'horreur indescriptible. Aucun outillage pour désincarcérer des survivants. Les habitants d'Anduze apporteront leurs draps pour envelopper des cadavres horriblement mutilés.

Huit jours plus tard, après une longue marche, nous sommes regroupés dans des baraquements au milieu des Garrigues, un désert brûlant, près de Nîmes. Trois robinets d'eau non potable alimentent la station. La dysenterie va à son tour éclaircir les rangs. On fait du sang, debout, par centaines, à la porte de l'infirmerie. Il n'y aura pas de charbon pour tout le monde.

Juin 1940.

Le maréchal Pétain a fait don de sa personne, un général inconnu a lancé de Londres un appel à la résistance — que nous n'entendîmes pas —, et dans la partie demeurée libre d'une France coupée en deux nous cessâmes d'être militaires pour appartenir à des chantiers de jeunesse.

Nous étions cent à camper au sommet éternellement verglacé d'un mont des Cévennes. Sous des tentes trempées de pluie qui claquaient au vent comme des draps mouillés sur un fil nous attendions dans l'inaction la journée du lendemain. Une boule de pain et un os pour la semaine nous obligeaient à aller ramasser sous l'humus les châtaignes pourries de l'année précédente. Faute d'outils nous rabotâmes le sommet du mont avec nos mains pour en faire la place du maréchal Pétain, où fut dressé un mât puis hissé le drapeau. Chaque matin, par des températures polaires, l'aurore aux doigts de rose éclairant à peine la cime du mât, réveillés à la trompe et le ventre vide, engoncés dans plusieurs couches de chemises, chandails, pèlerines, écharpes et capotes, le béret enfoncé jusqu'au menton, progressant comme des pingouins, nous nous rendions sur la place où nous attendait, légèrement vêtu pour l'exemple, un fringant lieutenant qu'on appelait « chef » dans la nouvelle formule paramilitaire. Impossible dans nos carapaces de bouger un bras et de porter la main au béret lorsque le drapeau montait au mât. Cette épreuve matinale dura une semaine puis l'heure du salut aux couleurs fut sagement retardée. Quinze jours plus tard chacun restait chez soi. Le chef chaudement vêtu venait seul et tard dans la matinée adresser un bref salut au drapeau gelé et retournait se coucher.

D'autres « chantiers », en plaine, ensoleillés et ravitaillés, réussirent mieux. Certains, s'écartant de l'idéal des créateurs vichyssois, formèrent d'héroïques résistants.

Janvier 1941, démobilisation. Quatre-vingts pour cent d'entre nous étaient parisiens et n'aspiraient qu'à rentrer chez eux en zone occupée. Les vingt autres se tâtaient, ils étaient alsaciens. Beaucoup revinrent dans leur famille. C'était le mauvais choix.

Paris.

Passé la joie des retrouvailles, la réalité s'impose. Des copains, des voisins absents, disparus ou prisonniers. Dans les rues, dans le métro, des soldats allemands auxquels des signalisations indiquent le lazaret, la *Kommandantur*, le Louvre et le bordel le plus proche.

On fait la queue pour tout, souvent pour rien.

De Gaulle à Londres, Pétain à Vichy.

J'ai, comme beaucoup, un faible pour Pétain

resté sur le terrain et mieux placé, me semble-t-il, pour limiter les dégâts.

Huit jours après mon retour j'ai trouvé du travail chez Citroën à Levallois, au service des pièces détachées. On met en caisse du matériel que des camions allemands emportent sans régler la note selon les conditions de l'armistice. Dans la mesure du possible nous trichons sur les contenus. Étiquetées « Roulements à billes », des caisses de limaille partent pour l'Allemagne. Sabotages sans grande portée, proches de la taquinerie, mais qui distraient de l'oppression.

En août 1942 j'épouse Simone Chaigneau, employée de banque.

Simone habitait avec sa mère un deux-pièces au premier étage d'un immeuble situé derrière l'église de Saint-Mandé. Ses fenêtres ouvraient sur le terrain de basket du patronage. Je n'évoluais dans l'équipe qu'en dernier recours, lorsqu'il manquait un joueur. Avec Simone nous échangeâmes d'abord quelques signes pendant les mi-temps et les arrêts de jeu puis je pris sa main tremblante sous les marronniers du bois de Saint-Mandé. Six mois plus tard Simone décida que nous devions nous marier. L'idée ne me serait pas venue. Petite-bourgeoise au corps souple, aux yeux immenses, elle m'attirait, me troublait. J'ai laissé faire.

Son père, autrefois propriétaire d'une boulangerie, était décédé. Ma fiancée partageait l'appartement avec sa mère, Joséphine, une veuve sombre et résignée.

Nous fûmes unis civilement et religieusement à Saint-Mandé. Un repas sans matières grasses dans le salon pour noces et banquets d'un hôtel, Porte de Charenton, clôtura la cérémonie.

Simone ne voulant pas — elle ne voudra jamais — se séparer de sa mère, que ce mariage assombrissait encore davantage mais qui cédait à tous les caprices de sa fille, nous allions vivre à trois dans le deux-pièces en attendant un appartement plus vaste. Simone et moi occupions la chambre tandis que Joséphine couchait dans la salle à manger sur un canapé-lit. Ma mère me prévint des dangers d'un tel arrangement mais j'étais dans l'exaltation du mariage et n'entendis rien.

Ma mère avait raison. Je découvris rapidement ce que cette cohabitation contre nature avait de contraignant. L'intimité du couple était troublée le jour par les soins du ménage dont ma belle-mère conservait la charge. Elle circulait en silence d'une pièce à l'autre, les yeux baissés, en rasant les cloisons, affectant de ne pas être là. Mais on la trouvait partout. Contraint à une égale discrétion, je me déplaçais comme une ombre. Je m'efforçais à l'ordre et à la courtoisie. Joséphine ne supportait pas l'odeur du tabac, je dus fumer à la fenêtre. La nuit, mes élans amoureux étaient contrariés par les toussotements de Joséphine derrière la cloison.

Je surmontai cet inconvénient et deux mois après notre mariage Simone était enceinte.

൭

Aryen et uniquement préoccupé de trouver de la nourriture, je n'attire pas l'attention de l'occupant.

Mon faible pour Pétain va disparaître fin 1942 avec le Service du travail obligatoire en Allemagne, collaboration forcée non prévue dans les clauses de l'armistice et contre laquelle le Maréchal ne juge pas opportun d'intervenir.

Comme tous les hommes de mon âge résidant en zone occupée je suis invité par circulaire à me présenter à la *Kommandantur* la plus proche. On me remettra un billet de train pour Berlin, un quart et une cuiller. Renvoi en bas de page : les hommes mariés dont la femme est près d'accoucher bénéficient d'un sursis. Je porte en courant à la *Kommandantur* un certificat complaisant délivré par un copain médecin qui d'un trait de plume fait progresser de six mois la grossesse de Simone et j'échappe pour un temps au STO.

൭

Trois mois plus tard, rappel menaçant de la *Kommandantur*. Vous n'êtes plus sursitaire. Si vous ne vous présentez pas on passera vous prendre. Je deviens réfractaire. Un matin, tandis que je fais la queue près de chez moi devant le *Fruits et légumes* où un poireau a été signalé, Simone reçoit la visite de deux hommes en imperméable et chapeau mou. Elle dissimule sous une blouse son ventre qui s'arrondit.

— Où est votre mari ?

— Il m'a quittée ! sanglote Simone redoutant de me voir apparaître le poireau à la main.

Je n'imagine pas la Gestapo lancée à mes trousses. Les réfractaires, à cette date, ne sont pas encore assimilés aux terroristes. Mais à Paris les rafles sont fréquentes, on vous trouve sans vous chercher. Les stations de métro comme les gares et les voies sans issue ont été fatales à beaucoup. À dater de ce jour et jusqu'à l'arrivée des chars américains dans la banlieue parisienne, je vais vivre en cachette.

Ma belle-mère avait de nombreux frères en province. J'ai fait de brefs séjours chez chacun d'eux. Les uns m'accueillaient avec sympathie, les autres s'inquiétant de ma date de départ le jour même de mon arrivée.

J'ai vécu quelques semaines chez l'aîné des frères, boucher à Mirebeau dans la Vienne. Un corpulent, rouge de figure, près de qui je me croyais en sécurité. Jusqu'à une certaine nuit où il m'invita à monter près de lui dans sa camionnette. Nous gagnâmes les champs tous feux éteints. Aidé de camarades bouchers des environs, l'oncle abattait clandestinement des vaches au clair de lune. Activité enrichissante mais follement illicite, passible des travaux forcés. Après un dernier bifteck je m'éloignai.

Mon fils Jean-Louis naît en août 1943. Je délaisse une cache de campagne pour venir assister à son accouchement dans une modeste clinique de Saint-Mandé. Tandis que Simone hurle de douleur, la Royal Air Force, dont l'objectif est la gare des Batignolles, rase à l'étourdie le XIIe arrondissement. Affolée par le fracas des bombes et de la DCA, la sage-femme qui tient déjà la tête de mon fils entre ses mains suggère de laisser la chose en l'état et de courir aux abris. Je lui saute à la gorge et dix minutes plus tard Jean-Louis est là dans sa totalité.

Je n'oserai pas rapprocher mes mésaventures de réfractaire ordinaire des tragédies qu'ont vécues les combattants de la Résistance. Je n'ai appartenu à la Résistance que tardivement et sans grands risques. Durant ces années noires je me suis seulement appliqué à rester libre. Avec beaucoup de chance j'y suis parvenu.

De mes péripéties de réfractaire je ne retiendrai que celle-ci.

Un autre frère de ma belle-mère, l'oncle Paul, possédait un hôtel à Royan, Charente-Maritime, zone occupée. Il s'offrit à me dissimuler.

La fille de l'oncle Paul était mariée à un Hongrois, Emeric, pianiste. Délaissant son art, Emeric avait acheté dans le centre-ville une brasserie que fréquentaient les officiers allemands. Cognac, bière, saucisses, cigares en salle, cuisine au beurre et prostituées à l'étage. On trouvait tout dans la boutique, que protégeait l'occupant.

Le 31 décembre 1943, par un après-midi glacial, peu de jours après mon arrivée, deux policiers français en civil m'abordent près de l'hôtel d'où je sors pour aller faire une prudente promenade. « Papiers ! » Ma carte d'identité au nom de Cottret, pourtant l'une des plus convaincantes que j'ai possédées, les fait ricaner et ils m'entraînent à la *Kommandantur*. On m'accorde de téléphoner à Emeric. Il accourt, serre des mains amies et me rassure :

— Le commandant de la place est un client, je vais arranger ça !

Il arrange et trois heures plus tard je suis prisonnier derrière les barbelés du camp de travail de Ronce-les-Bains, station balnéaire sur l'Atlantique à vingt-cinq kilomètres de Royan. L'idée me traverse qu'Emeric m'a offert au commandant de la place en témoignage de reconnaissance et d'amitié.

Ronce-les-Bains n'est pas un camp de concentration mais un camp de travail. Ici, au service de l'Agence Todt, entreprise allemande, on construit le mur de l'Atlantique. On mine les plages, on bétonne les dunes, on édifie des casemates entre les cabines de bain. Dans l'enceinte du camp les coquettes villas que louaient les estivants ont été réquisitionnées. Ce sont à présent des taudis où logent des travailleurs séduits par les contrats de l'Agence. On y trouve aussi des travailleurs involontaires, français et étrangers, interpellés en situation douteuse. Mais l'Agence Todt, m'apprend-on, est un piège. Les ouvriers qu'elle recrute ou qu'on lui adresse ne font qu'un court séjour sur le chantier avant d'être déportés en Allemagne.

Jusqu'alors contraint de vivre éloigné de Paris je pouvais néanmoins, à mon gré, avec mille précautions, rendre visite à ma famille. À présent, derrière les barbelés de Ronce-les-Bains, l'idée d'être séparé contre ma volonté de ma femme et de mon fils me rend fou.

Le soir même de mon arrivée, après un dîner de réveillon composé de choux froids servis sous un hangar où s'engouffre le vent du large, je me glisse jusqu'aux cuisines et j'aborde, comme on joue à la roulette russe, le moins graisseux des trois cuistots. C'est un Parisien. Je le tire dans un coin.

— Il faut que je sorte d'ici !

— T'as de l'argent ?

— Un peu...

— Reviens vers minuit !

Retournant à la villa qui m'a été assignée je passe devant le baraquement où l'on a enregistré mon arrivée trois heures plus tôt. On m'a remis avec une gamelle et un couvert une feuille imprimée, rédigée en allemand, où je ne déchiffre que mon nom et mon prénom. Le baraquement est vide, faiblement éclairé par une lampe de secours. J'entre et j'applique sur la feuille deux ou trois tampons de caoutchouc pris au hasard sur leur support.

Peu avant minuit je quitte la villa où dorment, tout habillés, sur des paillasses, dans une effroyable puanteur, les bétonneurs de l'Agence, et je retourne aux cuisines. Mon cuistot est là, prêtant la main à deux boulangers venus de Royan apporter le pain du lendemain. Moyennant la presque totalité de mon avoir on me dissimule sous des sacs vides dans la camionnette des boulangers.

Nous partons. J'entends le conducteur échanger des vœux avec les sentinelles et nous sortons du camp. Après un quart d'heure de route, la camionnette s'arrête. Les boulangers exigent « une rallonge ». Je refuse.

— Descends !

Je vais marcher dix kilomètres dans l'aube glacée du 1er janvier 1944. Enfin un village d'où un autobus part pour Royan. Je l'attrape au vol et je découvre trop tard qu'il est occupé aux trois quarts par l'armée allemande. Je m'assieds. Devant moi un soldat qui m'examine, sommeille, m'examine de nouveau pour, finalement...

— Papirs !

Je lui tends ma feuille tamponnée en précisant joyeusement :

— Permission ! Vacances !

Il pose le doigt sur l'un des cachets et approuve en souriant :

— Ya ! Ya ! *Zufrieden* ? Content ?

— Content !

J'ai tiré le bon tampon !

Il me rend ma feuille et il ne me reste plus qu'à afficher le bonheur du permissionnaire jusqu'à Royan.

À Royan je me dispense d'aller saluer la famille et je vais à la gare où j'attends des heures un train pour Poitiers.

Je n'ai plus d'argent, je voyage sans billet. Passe le contrôleur. Il tend la main.

— Je n'ai pas de billet !

— Je vais vous en vendre un !

— Je n'ai pas d'argent non plus !

Il voit mon angoisse, hésite et s'éloigne. Brave type !

À Poitiers je descends à contre-voie et je sors de la gare par les W.-C.

Etc...

1944.

À Saint-Mandé où je reviens de plus en plus fréquemment, j'ai fait connaissance avec la Résistance.

La libération de Paris approche. On se prépare au combat. Sous les ordres du pharmacien de la rue de l'Alouette j'apprends à pratiquer le pansement de première urgence et à brancarder le blessé des barricades. Je ne panserai ni ne brancarderai. La rue de la République, barricadée à la hauteur du métro Saint-Mandé Tourelle, ne sera pas empruntée par les Allemands qui rentrent chez eux en camion, en charrette, en vélo par le cours de Vincennes. Nous les suivrons des yeux, l'arme au poing, du haut des pavés.

Notre concierge, Mme Baur, mauvaise, laide, boitant bas, une fée Carabosse, ne cachait pas sa sympathie pour l'occupant. L'un de ses parents était milicien, ce que j'étais seul à savoir. Elle connaissait ma situation de réfractaire et la crainte qu'elle ne me dénonce m'empêchait de venir voir ma femme et mon fils. Nous la redoutions.

Le premier jour du soulèvement de Paris je fus honoré du brassard FFI. Partout en France le FFI épurait. À Nogent, sur les bords de la Marne, trois miliciens avaient été fusillés dans une guinguette fleurie où ils s'étaient réfugiés. À Montreuil on défenestrait les collabos. Je ne résistai pas à l'envie de terroriser madame Baur. Je me fis conduire chez moi dans une traction avant bariolée aux trois couleurs, hérissée d'armes à feu.

Le regard sombre et le brassard ostensible j'allais entrer dans l'immeuble lorsque j'en vis sortir le locataire du rez-de-chaussée. C'était un gros homme, bon vivant, employé à la mairie de Saint-Mandé. Dépendant des Services allemands de réquisitions il recensait les appartements abandonnés par leurs propriétaires, juifs pour la plupart. Il omettait de recenser les plus beaux meubles qui s'y trouvaient et les revendait à son profit. Le produit de ces pillages lui permettait des costumes fil-à-fil, des chaussures en cuir, triple semelle, et des repas d'avant-guerre. Chaque jour montaient de son appartement jusqu'au sixième les effluves enivrants d'un pot-au-feu, d'un ragoût de mouton, de lard frit qui attiraient sur les paliers des locataires la bave aux lèvres. Je le regardai s'éloigner dans une luxueuse veste en tweed, encadré par deux FFI armés de fusils de chasse.

— Salaud ! lui lança du troisième étage Mme Bonnet qui se privait du nécessaire depuis quatre ans pour envoyer des colis à son fils prisonnier.

Il fléchit comme si l'on venait de lui jeter un lourd sac sur le dos.

Mme Baur n'était pas chez elle. Elle était chez moi. Simone lui ayant touché deux mots de mon appartenance à la Résistance locale, elle nous apportait six œufs coque et une bouteille d'huile. À la vue du brassard elle nous promit du sucre et du chocolat pour le lendemain.

La disette se prolongeant, je réveillais périodiquement les terreurs de Mme Baur avec des récits de vengeances atroces exercées sur des collaboratrices, et nous fûmes pendant de longs mois parfaitement ravitaillés.

Nous vivons à quatre dans les deux pièces, le bébé d'un an partageant la chambre avec son papa et sa maman. Avant l'aube Jean-Louis exige en hurlant une première collation. La mère et la fille en robe de chambre et bigoudis se disputent le soin de nourrir le bébé. C'est sur le lit d'où la décence m'interdit de sortir qu'on change l'enfant et qu'on agite le biberon trop chaud, trop froid ou trop épais. Après une heure d'intense activité entrecoupée de chamailleries auxquelles je suis prié de ne pas me mêler, Jean-Louis repu dort à poings fermés, Joséphine va finir sa nuit dans la salle à manger. Simone se recouche. Bien réveillé j'amorce un câlin matinal mais la jeune maman est si lasse... Bref, la cohabitation commence à me peser. Et, sous sa forme actuelle, le mariage aussi.

Profitant du passage des armées, je tente de m'engager dans l'aviation mais le certificat d'études est insuffisant. Je terminerai la Seconde Guerre mondiale observateur-météorologiste, assez loin de la zone des combats. À Auxerre dans l'Yonne.

1946.

Mon mariage est un échec. Je ne suis pas le solide époux qui conviendrait à Simone, fragile et indolente. Ma conduite n'est pas irréprochable, la cohabitation aggravée de justes reproches m'irrite. Je deviens agressif et discourtois. Je souhaite recouvrer ma liberté, m'éloigner quelque temps. La mère et la fille contiennent mal leur joie en apprenant cette décision et descendent quatre à quatre chercher ma valise à la cave. Ma mère, qui veut rester en bons termes avec ma femme et ma belle-mère afin de n'être pas privée de son petit-fils, feint de trouver l'idée intéressante.

L'Algérie m'attire. Courant décembre je prends le train pour Port-Vendres où j'embarquerai sur un cargo à destination d'Oran. En Afrique du Nord les salaires sont, paraît-il, très élevés.

Simone m'accompagne à la gare de Lyon.

Un baiser amical...

— Écris-nous !

... et elle s'éloigne sans se retourner.

Dire que je ne souffre pas serait mentir. En vérité, je pars avant qu'on me rejette. C'est la fuite en avant.

Inoubliable traversée à bord du *Djebel Aurès*, un cargo dépourvu de cabines, dont les cales s'emplissent à Port-Vendres de chevaux, de vaches et de passagers encore insouciants.

Le golfe du Lion laisse loin derrière lui pour la

hauteur des vagues, la violence du vent et les paquets d'embruns le cap Horn et les quarantièmes rugissants. Dans la tempête le *Djebel Aurès* craque de partout, élevant parfois sa proue vers le ciel comme un bateau qui coule par l'arrière, tantôt élevant sa poupe vers le ciel comme un bateau qui coule par l'avant. On m'a conseillé de me tenir à l'air vif sur le pont plutôt que dans la cale où l'odeur des bouses et des crottins mêlée aux relents du mazout peuvent entraîner de légères nausées. Aplati sur le pont où l'air est en effet d'une redoutable vivacité, je glisse de bâbord à tribord, et retour, accroché à Dieu sait quoi, parfois à Dieu sait qui, l'estomac hors de la bouche. Des années s'écoulent, me semble-t-il, et nous atteignons Oran.

Quelques semaines à Oran où les salaires sont moins élevés que partout ailleurs et je décide de m'enfoncer vers le sud.

— Jusqu'où va le train ?

— Colomb-Béchar ! Terminus !

— Un billet pour Colomb-Béchar !

Colomb-Béchar dans le Sud oranais est encore à cette époque une importante oasis où, venues du fond des sables, des caravanes de chameaux terminent leur voyage. C'est l'enchantement.

C'est aussi l'aventure. Au service de la Compagnie de chemin de fer Mer-Niger je vais pendant quelques mois conduire un camion de Colomb-Béchar à Adrar où la voie s'interrompt. Quatre cents kilomètres de désert à parcourir sur une piste que le vent de sable rend le plus souvent invisible. Rien du *Salaire de la peur*, je transporte des conserves, du lait en poudre, des outils et de la pharmacie. Contraint de stopper à la fin du jour, je m'allonge pour la nuit sur mon sac de couchage, près du camion. Derrière les montagnes assombries les derniers rayons du soleil incendient l'horizon. Sous un plafond d'étoiles le silence comme la solitude sont absolus. Je ne regrette pas d'être venu.

À 40 kilomètres de pierraille au sud de Colomb-Béchar était Kenadsa, un village près duquel s'exploitait une insignifiante mine de charbon.

On cherchait un comptable ou assimilé capable d'établir les feuilles de paye. J'avais déjà fait cela quelque temps quelque part. Un contrat liait l'employé à la mine pour dix-huit mois. J'abandonnai le transport et je signai. C'était en mars 1947.

Un salaire convenable et je disposais d'un « coron », une habitation aux murs blancs dans le style du pays. Chambre, salle à manger, douche, cuisine, au centre d'un jardinet aride ceinturé de tamaris. Je disposais également d'un jeune indigène pour le ménage quotidien. Une fois par semaine il venait accompagné de sa sœur, Aïcha. Elle avait vingt ans, faisait le couscous avec amour et l'amour après le couscous.

La production journalière de la mine équivalait au contenu de trois lessiveuses que des indigènes trimbalaient jusqu'à la gare du Decauville, genre de train-jouet à vapeur et à voie étroite qui, une fois par semaine, reliait Colomb-Béchar à Kenadsa. Au wagonnet de charbon s'accrochait pour les voyageurs une plate-forme pourvue de bancs et bâchée.

Entre Béchar et Kenadsa
Dans une volée d'escarbilles
Le petit train danse, sautille.
Siffle, crachote, tousse et va...

Suivaient six strophes du même tonneau. Mon premier poème kenadsien. Ne vous moquez pas, cinq ans plus tard il figurera dans les manuels scolaires du département d'Oran.

Dix ingénieurs et autant de contremaîtres venus de France avec leur famille dirigeaient la mine. Mentalités de petits chefs, méprisant les indigènes, ils formaient un club très fermé. J'en fus rapidement exclu à cause de mes amours ancillaires avec Aïcha, dont le couscous hebdomadaire ne trompait personne.

Midi et soir je prenais mes repas — chameau sauce tomate, dattes à volonté — à l'économat, en compagnie de quelques pieds-noirs.

En Algérie le vin est pour rien. Comme beaucoup d'Européens frais débarqués j'en abuse les premiers mois de mon séjour et je suis malade. Ma nervosité naturelle s'accroît dangereusement. L'alcool est pour moi un ennemi mortel. Un matin de mai 1947 je me fais le serment de ne plus jamais en boire une goutte. Dès lors, ni vin ni bière, même légère. Apéritifs, digestifs sont à tout jamais écartés. Je m'interdirai la crêpe flambée, le baba au rhum, la cerise à l'eau-de-vie et le coq au vin. Plus une goutte ! De l'eau, plate ou pas ! Abstinence qu'on qualifiera justement d'excessive mais que j'observe encore, cinquante ans plus tard. Je n'ai jamais noyé mes chagrins dans le vin, et j'ai fêté mes plus belles heures au champagne en levant ma coupe pleine sans la vider.

À Kenadsa, j'avais des loisirs. J'allais au bureau quelques heures le matin, à la fraîche, et quelques heures en fin d'après-midi quand le soleil déclinait. Coup de feu en fin de mois lorsqu'il s'agissait de calculer pour chaque ouvrier indigène le montant des allocations familiales. Le ménage du plus humble travailleur ne comportait jamais moins de trois épouses et quinze enfants. La France versait à ces pères de famille des sommes considérables. Je me demande encore aujourd'hui ce qui a poussé à la révolte des populations si grassement entretenues.

Je lisais beaucoup. Il y avait à Alger une bibliothèque municipale à laquelle je m'étais abonné et dont j'ai épuisé le catalogue.

J'écrivais. Des poèmes, des chansonnettes. Certains soirs, après une soupe à la tomate, j'interprétais mes œuvres pour les clients de l'économat. J'avais un ami, Pierre Musel, un Lyonnais de mon âge, géomètre, excellent pianiste. Pierre était célibataire, coureur et séduisant. Il avait lui aussi fait partie du club des chefs mais son empressement auprès des épouses qu'il rendait rêveuses l'en avait fait écarter, ce qui nous rapprocha. Pierre m'accompagnait sur le Pleyel édenté qui traînait là depuis la conquête.

∾

Mes rapports avec Simone et ma belle-mère étaient excellents. Je leur adressais un chèque le premier lundi du mois. Nous ne parlions pas de divorcer. Jean-Louis gâté par ses grand-mères grandissait sans m'oublier.

Seule ma mère souffrait de cette situation malgré les lettres euphoriques qu'elle recevait chaque semaine.

∾

Un dimanche d'août 1947, je suis tiré de ma sieste par le gardien de la mine qui hurle devant le coron.

— Monsieur Robert ! Téléphone !

Anormal ! Je cours jusqu'au bureau. Huit cents mètres sous un soleil de plomb.

— Allô ?

— C'est moi, mon grand !

— Maman ! Que se passe-t-il ? Jean-Louis est malade ?

— Non ! Je suis là !

— Où ça, là ?

— À Colomb-Béchar ! Viens me chercher !

Je crois rêver ! Cinquante-sept ans, 46 kilos, sans aide, un voyage éprouvant de 4 000 kilomètres dans les conditions de l'époque parce qu'elle n'en pouvait plus de ne pas voir son fils !

La maman du comptable ! Mes amis lui firent un accueil enthousiaste. Nous allâmes de couscous en couscous jusqu'à l'écœurement.

Elle m'avait apporté des photos de Jean-Louis. Seul ou avec ses grands-mères. Simone, boudeuse ou détachée, n'apparaissait pas.

Maman était à Kenadsa depuis une semaine lorsqu'un matin je la trouve en larmes.

— Je veux rentrer !

Elle n'en pouvait plus de ne pas voir son petit-fils !

Il fallut préparer en hâte son voyage de retour. Les chefs étaient en vacances, j'assurais seul la surveillance de la mine, impossible de l'accompagner.

Avec un serrement de cœur je la vis s'éloigner, minuscule, sur la plate-forme du Decauville.

Aïcha s'en alla vivre chez sa sœur à Constantine. J'eus ensuite une aventure qui faillit me détruire avec Marie-Hélène, une sage-femme fixée à Colomb-Béchar. Veuve de guerre, la quarantaine, elle me dépassait d'une tête et pesait deux fois mon poids. Un compliment imprudent de ma part l'avait convaincue que j'étais amoureux d'elle. Affligée d'un tempérament de feu qu'exacerbaient la solitude et le climat, elle débarquait chez moi à l'improviste et m'imposait des étreintes d'une violence inouïe qui me laissaient hagard sur le lit défoncé. Ma santé déclinait. J'achetai un chien méchant qui défendit ma porte et elle interrompit ses visites.

Août 1948.

Mon contrat avec la mine touche à sa fin. À ne rien dépenser depuis mon arrivée à Kenadsa, me privant de congés, assurant des remplacements, je me suis constitué un solide pécule. Je vais rentrer en France.

La veille de mon départ j'organise une soirée de gala. Pierre et moi transformons l'économat en cabaret. Du papier gaufré sur les tables, une fleur dans un verre. Les poèmes et les chansonnettes amusent beaucoup. J'ai rassemblé ma production dans une sorte de recueil. La Ronéo de la mine permet d'en tirer une vingtaine d'exemplaires que j'offre aux intimes à l'issue du spectacle. Je conserve l'original qui va rejoindre au fond de ma valise de mystérieuses roses des sables et un scorpion séché, témoins de mon séjour africain.

Le lendemain matin, dans une volée d'escarbilles, je vois s'estomper Kenadsa et deux ans de ma vie.

Le souvenir du voyage aller sur le *Djebel Aurès* étant gravé dans ma mémoire pour l'éternité, je montai sans appréhension dans un Constellation partant d'Alger pour rentrer à Paris. Nous survolions le Massif central lorsqu'un hublot explosa. Accident rarissime. Nul n'en périt mais l'air pénétrant dans l'avion par le hublot le transforma en sifflet. Nous atterrîmes au Bourget sourds comme des pots et surgelés.

Nous ne reprîmes pas la vie commune.

J'allai habiter à Noisy-le-Grand. Ma mère avait acheté une maisonnette dans cette lointaine banlieue maraîchère. Une pièce et un sous-sol. Au-delà, un bref potager qu'entretenaient les voisins, fonctionnaires eux aussi.

Jean-Louis avait cinq ans. Mon absence ne semblait pas l'avoir perturbé.

Simone vint passer quelques week-ends à Noisy. Étions-nous encore mari et femme ? Nous fîmes comme si. J'avais bien quelques doutes sur la fidélité de Simone pendant mes longs mois d'absence mais, pour diverses raisons, je m'abstins d'aborder le sujet. Un lien indéfinissable nous unissait que nous n'avions pas la volonté ou le courage de rompre.

C'est à Noisy-le-Grand que j'allais fonder et fixer le siège social d'une entreprise de « Réparations et entretien à domicile de machines à écrire toutes marques » dont je serai le patron et, pour commencer, l'unique employé.

Je suis adroit de mes mains. Passionné de fin bricolage, maquette ou horlogerie. Agité, impatient pour le courant de la vie, je suis dans l'ouvrage microscopique d'un calme et d'une persévérance infinis. Donnez-moi à démêler le plus long, le plus embrouillé des fils de pêche, j'y passerai des heures sans bouger de mes gonds et je vous le rendrai enroulé sur sa bobine, chaque extrémité dans son encoche.

L'idée de l'entreprise de dépannage m'était venue à Kenadsa où nous utilisions plusieurs machines à écrire, mécaniques à cette époque, Underwood ou Remington. On les aurait jetées à la ferraille partout ailleurs mais la pauvreté de notre production charbonnière ne permettait pas de les remplacer. L'une ou l'autre de ces machines était en panne une fois par semaine. Je m'offris à les réparer. J'y parvins sans peine et mon habileté fit l'admiration du personnel.

J'acquis une réputation de mécanicien spécialisé dans la machine à écrire qui s'étendit jusqu'à Colomb-Béchar. Le commandant du régiment de la Légion étrangère fit appel à moi, puis quelques exportateurs de dattes et, en urgence, le médecin chef du dispensaire, lâché par sa barre d'espacement.

L'idée de passer du bénévolat au professionnel me vint lorsque, après mon intervention réussie, le médecin chef me demanda :

— Combien vous dois-je ?

Je ne me fis pas d'abord inscrire au registre du commerce. Il fallait voir. Étude de marché. Je fis imprimer des circulaires précisant que je me rendais à domicile sur simple appel téléphonique aux bureaux du siège, à Noisy-le-Grand. C'est-à-dire chez Georges, le café d'en face, qui m'appelait de son seuil.

J'envisageais de prospecter les quartiers d'affaires, les grands boulevards où se succédaient des immeubles de bureaux.

J'avais acheté une serviette en faux cuir pour contenir ma publicité. Ces maigres documents flottaient dans la serviette dont l'aspect efflanqué n'évoquait pas l'entreprise débordant de contrats. Je la gonflai avec un annuaire téléphonique, de vieux journaux et des catalogues. Le recueil de mes productions littéraires kenadsiennes, tiré de ma valise avec les roses et le scorpion, traînait sur un meuble, je le mis aussi dans la serviette pour faire volume.

Je ne reconnaîtrais plus aujourd'hui l'immeuble du boulevard Poissonnière dans lequel je pénétrai cet après-midi du mois de septembre 1948. C'est pourtant là que ma vie devait prendre un tour inattendu.

Des appartements occupaient les deux premiers étages. Au troisième, les *Éditions musicales Maurice Vandair*.

J'entrai dans les *Éditions musicales* comme j'entrais indifféremment depuis plusieurs jours dans les compagnies d'assurances, les agences de voyages, de pompes funèbres ou les études de notaires. J'aurais aussi bien poussé la porte de l'enfer si j'avais su qu'on y tapait sur une Remington.

La pièce tenait plus du magasin de stocks que de la salle d'attente. Aux murs, des lithographies punaisées d'interprètes en vogue. Empilés sur des rayonnages, les succès des *Éditions Vandair* en petits formats. Deux chaises. L'une était occupée par un homme d'une quarantaine d'années. Nous nous saluâmes et je m'assis. Une dame aimable vint nous demander de patienter quelques instants.

La dame disparut. L'homme prit un petit format sur une pile, le parcourut.

— Ça, c'est bon ! Ça va marcher !

Il me le tendit, je repoussai poliment.

— Merci ! Je répare des machines à écrire...

Lui était de la partie.

— Pour une bonne chanson, qu'est-ce qu'on peut lire comme conneries ! dit-il en remettant la chanson en place.

Je me souvins alors du recueil dans ma serviette. Je le pris et le lui tendis.

— Si vous n'êtes pas à une connerie près...

Il lut en souriant...

— Mais ce n'est pas mal, dites donc ! D'après ce que je lis, vous vivez en Algérie ?

— J'en viens !

— Je voudrais faire voir ça à ma sœur ! Ça vous ennuie de me suivre ? C'est à côté, rue du Faubourg Montmartre...

Pour un garçon de 28 ans, le risque n'était pas grand de suivre un inconnu chez sa sœur.

Nous partîmes discrètement pour nous rendre à deux pas, passage Verdeau, au Comptoir musical français. L'homme me présenta à sa sœur, Mme Legrand, une charmante femme à peine plus jeune que lui et propriétaire de la boutique.

— M. Lamoureux écrit des petites choses... Je voudrais que tu lises...

Mme Legrand lisait lorsqu'un garçonnet apparut au fond de la boutique. Il embrassa Mme Legrand.

— Au revoir, maman !

Puis l'oncle...

— Au revoir Georges...

— Au revoir, Michel !

Michel me sourit et s'en alla.

La sœur de Georges termina la lecture...

— C'est amusant ! C'est original ! Si, dans le même style, vous pouviez parler d'autre chose que de caravaniers et d'Aïcha sous les palmes... Des sujets plus... plus parisiens, ça m'intéresserait !

Excité, je sors de la boutique. Plus parisiens, les sujets ? Il suffisait de me le demander ! Et je vais m'y mettre tout de suite ! Plutôt que de perdre des heures pour rentrer à Noisy-le-Grand, je loue une chambre dans le plus modeste hôtel de la cité Bergère, à deux pas du Comptoir musical. J'achète dans le quartier un cahier d'écolier, une gomme, un crayon, des cigarettes, une bouteille d'eau, un sandwich au pâté et je monte dans la chambre.

Cette nuit-là, j'écris trois chansons sur des sujets essentiellement parisiens. Les quais de la Seine, le métro et le printemps place des Vosges.

Je n'entends rien à la musique. Les airs que j'invente sont dans le ton des airs qui coulent de la radio comme de l'eau tiède d'un robinet, qu'on écoute et qu'on ne retient pas. Je suis plus à mon affaire avec les paroles.

Le lendemain matin, j'entre dans le magasin le cahier sous le bras. Surprise de Georges et de Mme Legrand qui ne m'attendaient pas avant plusieurs semaines. La chanson sur le métro retient leur attention.

Mme Legrand connaît Yves Montand. Elle le joint par téléphone et il accepte de nous recevoir en fin de matinée.

La mélodie sifflotée à Georges est transcrite sur du papier à musique, les paroles tapées à la machine et nous partons.

Dans le taxi qui nous emmène je me fais cette réflexion que Montand doit avoir un secrétariat.

S'il ne veut pas de la chanson, je pourrais lui laisser ma carte de mécanicien !

ꟹ

Un charmant hôtel sur la rive gauche. Yves Montand nous reçoit, grand jeune homme sympathique, en robe de chambre et babouches, dans un salon meublé d'un piano. On nous apporte du café, Georges et Yves Montand bavardent. J'apprends que Mme Legrand est l'épouse de Raymond Legrand, célèbre chef d'orchestre, ami de Montand.

Enfin je chante, précédé ou poursuivi par Georges au piano.

Fin de l'audition. Silence.

Enfin, Montand :

— Formidable ! Je prends !

ꟹ

Suivirent des jours d'intense excitation pendant lesquels j'écrivis un grand nombre de chansons que je portai à Mme Legrand. Elles ne lui plurent pas et nous allâmes, Georges et moi, les vendre dans d'autres maisons d'édition. L'une séduisit Dassary, un chanteur basque de grand renom, une autre fut bradée à un couple de duettistes homosexuels dont on apprit la dramatique séparation au revolver trois semaines plus tard.

Yves Montand enregistra ma chanson dans le mois qui suivit notre rencontre. Le disque devint rapidement introuvable. La chanson n'obtenant aucun succès, Montand s'en désintéressa, on limita le tirage du disque pour, finalement, le retirer du commerce. Ce disque, dont je ne possède pas d'exemplaire, est aussi recherché aujourd'hui par les collectionneurs que celui sur lequel on peut percevoir les grésillantes lamentations de Sarah Bernhardt.

Décembre 1948.

La vente des chansons rapportant peu, l'entretien et le dépannage ne rapportant rien, ma situation financière devint précaire. Je ne fis pas un drame de ce double échec et j'envisageai sereinement un nouveau départ vers les colonies, lorsque je fis la connaissance de Henri Bourtayre, compositeur, qui fréquentait la boutique de Mme Legrand.

Il existait faubourg Montmartre un music-hall, *Le Central de la chanson*, où se produisaient en deuxième partie, après l'entracte, des vedettes du disque et de la radio, Fréhel, Claveau, Damia ou Fernand Sardou. En première partie défilaient des artistes inconnus, chanteurs de charme, ténorinos d'opérettes, comiques encore troupiers et diseuses, qu'annonçait une présentatrice en tutu. Une chance de lever de rideau était offerte par Roger Malher, le directeur de l'établissement, à un authentique amateur sélectionné parmi cinquante autres au cours d'auditions hebdomadaires.

Henri Bourtayre était un familier de ce music-hall où l'on interprétait fréquemment ses succès. L'idée lui vint de me faire participer à ces auditions en m'écoutant chanter, deux fois par semaine en moyenne, lorsque je tentais de vendre mes créations à Mme Legrand.

Un polype sur une corde vocale donne à ma voix, depuis mon enfance, un éraillé particulier, aggravé d'aigus imprévisibles. Auxquels vient s'ajouter la grasseyante volubilité du Parisien. Un pareil instrument apporte une tournure comique à mes propos les plus sévères. Je faisais déjà rire la classe en énumérant les affluents de la Garonne.

Au Comptoir musical, même cause mêmes effets, on s'amusait beaucoup à m'entendre interpréter mes chansons.

Si l'on s'amuse passage Verdeau, suggéra Henry Bourtayre, pourquoi ne s'amuserait-on pas faubourg Montmartre ?

L'expérience eut lieu un après-midi du mois de décembre 1948.

À l'exception de Roger Malher et de sa secrétaire, la salle était vide. Difficile de déclencher le fou rire dans de pareilles conditions.

La majorité des postulants au lever de rideau avait déjà auditionné. Trois minutes par personne, un couplet, un refrain. Puis le verdict tombait :

— Laissez votre adresse, on vous écrira.

Aucune chance pour moi d'égaler le plus affligeant des amateurs. Je tournai la difficulté. Ignorant le pianiste qui tapotait déjà l'introduction, je monologuai sur les malheurs d'un compositeur à ses débuts et chargé de famille. Récit tragique et passablement filandreux qui débordait les trois minutes. Je m'en excusai, leur proposai comme une trouvaille de prendre mon nom et mon adresse pour m'écrire s'ils en éprouvaient le besoin. Et je m'en allai sans avoir chanté.

Je n'étais pas sorti de scène que Roger Malher m'appela de la salle :

— Voulez-vous venir nous rejoindre, s'il vous plaît...

Je vins m'asseoir près de lui.

— Monsieur Lamoureux, me dit-il, si vous ne changez rien à votre façon de procéder, vous allez faire une grande carrière !

Au *Central de la chanson*, j'ai levé le rideau pendant les fêtes de fin d'année 1948. À la demande de Roger Malher j'allonge le commentaire. Au contact du public j'improvise, attentif à conserver les bons ajouts pour la représentation du lendemain. Le préambule devient bientôt un sketch et dure un quart d'heure.

∾

Des imprésarios viennent au *Central de la chanson* voir de quoi il retourne. Agences modestes, spécialisées dans le gala provincial et les entractes de cinémas. J'accorde à chacune mon exclusivité.

∾

Au cours de l'année 1949 je lèverai le rideau dans les boîtes de nuit et les foires à ciel ouvert. À Arpajon, notamment, pour les journées du haricot. Je participerai au gala annuel des anciens du 113e à Laroche-Migennes, gâté cette année-là par une chute de grêlons. Dans une brasserie place de la République on pourra me voir affiché à la craie sur une ardoise avec le menu du jour : AUJOURD'HUI, CÔTE DE PORC CHARCUTIÈRE, Robert LAMOUREUX, FROMAGES, DESSERT.

Des cabarets je ne retiendrai que *L'Amiral*, près des Champs-Élysées. L'établissement était alors peu fréquenté. J'apparaissais vers minuit sur une scène de deux mètres carrés dans le feu d'un projecteur orienté par le maître d'hôtel. L'auditoire composé de cinq prostituées et du personnel désœuvré, auxquels se joignait parfois un client devant une bouteille de champagne apportée en hâte, applaudissait vigoureusement. Connaissant mon répertoire par cœur, l'une de ces dames ou la caissière exigeait ceci plutôt que cela. À la carte, en somme.

Je n'oublie pas une ravissante et menue chanteuse qui passait à *L'Amiral*. Elle avait une voix délicieuse et interprétait avec beaucoup de fraîcheur et de sensibilité une jolie chanson sur les vieux bouquinistes du bord de la Seine. Puis elle percevait son maigre cachet et partait tapiner derrière la Madeleine. Non, je ne l'oublie pas.

Je ne restai à *L'Amiral* que quelques mois.

L'année suivante, Maurice, le patron, engagera une troupe de jeunes garçons : Roger Pierre, Jean-Marc Thibaut et Jean Richard. Et chaque soir *L'Amiral* affichera complet.

En août 1949, aux Sables-d'Olonne, j'anime après le dîner un genre de cabaret pour vacanciers dans un hôtel du bord de mer. Je suis nourri à l'office et logé dans une étroite salle de bains désaffectée. Je dors dans un lit d'enfant d'où mes jambes dépassent jusqu'aux genoux. De quoi regretter Kenadsa s'il n'y avait eu les applaudissements du soir. Et le bonheur de retrouver les jolies clientes sur la plage dans l'après-midi. Grâce à certaines d'entre elles, je pouvais parfois dormir dans un lit à mes mesures.

En 1950, de boîtes en foires et de foires en entractes, je suis engagé au *Libertys*, place Blanche. Dîner-spectacle. C'est la boîte en vogue, le lieu haut de gamme. Public princier mais snob, blasé, difficile à captiver. Devant la porte, sur la place, attendant le retour du maître, des Bentley, des Rolls avec leur cocher. Et des Jaguar et des Ferrari. Et mon vélo.

J'abandonnerai bientôt le vélo pour la mobylette, puis la mobylette pour l'auto. Une traction avant, 7 CV décapotable, achetée d'occasion cours de Vincennes. Elle mourut sous moi, deux mois plus tard, irréparable, après une embardée incompréhensible.

Je n'ai jamais su le nom du patron du *Libertys*. On l'appelait « Tonton ». La cinquantaine, petit, rose, riche, homosexuel et amateur d'art. De sa belle maison ancienne à Saint-Germain-en-Laye il avait fait un musée. C'était un homme bon et généreux qui aimait les artistes. Je ne sais quelle maladie avait déformé ses traits, il avait la bouche sous l'oreille gauche.

Au *Libertys*, je voyais chaque soir arriver Marguerite Moreno. Elle venait dire des vers. Âgée, malade, courbée à l'équerre par de douloureux rhumatismes, on l'extrayait du taxi qui l'amenait pour la conduire jusqu'aux coulisses où elle s'effondrait sur une chaise.

— C'est à vous dans cinq minutes, madame...

C'est le temps qu'il lui fallait, au prix d'un immense effort, pour se dresser.

— C'est à vous, madame...

Et elle entrait en scène, droite comme un I.

Pendant trente minutes, debout, sa taille retrouvée, dans un silence que ne troublait pas le tintement d'un verre, elle disait admirablement des poèmes.

Avec les applaudissements, le rideau tombait tandis que Marguerite Moreno se repliait jusqu'aux poèmes du lendemain.

Impossible de rétablir l'ordre chronologique des événements qui se précipitèrent, se chevauchèrent au cours des années 1950-52.

Je vais me faire connaître du grand public par la radio. Prestations brèves à des heures de grande écoute, qui vont se succéder de plus en plus fréquemment. Ce serait parfait si les annonceurs, la Quintonine, les meubles Lévitan et la brillantine Roja n'exigeaient pas de l'inédit pour chaque émission. Je dois me renouveler. C'est là que le bât blesse. Outre que je n'ai pas la faculté d'inventer de nouvelles histoires quatre fois par semaine, j'aime écrire quand cela m'amuse, à l'inspiration, mais pas à la commande. J'envisage alors, au mépris du succès qui commence à poindre et des augmentations sensibles de salaires, de laisser tomber le spectacle et son train pour revenir à la Remington, moins contraignante.

La rupture manque de se produire à l'occasion de l'une des premières grandes émissions enregistrées en public pour laquelle j'ai été engagé. Les jours s'écoulent sans que la moindre idée drôlette me traverse l'esprit. Le matin de l'enregistrement, j'appelle au téléphone Henri Kubnik, le producteur, et je l'informe que n'ayant rien à dire je ne participerai pas à l'émission. S'ensuit un silence qui me fait craindre une coupure, puis un hurlement :

— Quoi ?

Je raccroche trois minutes plus tard, terrorisé, les oreilles bourdonnantes des menaces proférées par Kubnik.

Je trouve dans un vieux cahier un début de chanson : *Papa, maman, la bonne et moi*. Pressé par un besoin naturel, je m'enferme avec le cahier et un crayon. D'une pierre deux coups. Une heure s'écoule et je réapparais, ankylosé, avec la chanson terminée.

Au music-hall elle sera le plus grand succès de ma vie. N'est-ce pas remarquable qu'une chanson écrite dans ces conditions soit devenue un quasi-hymne national auquel mon nom reste attaché ?

C'est au *Libertys* que Jacques Canetti, propriétaire des *Trois baudets*, un petit théâtre de chansonniers, vint me chercher pour participer à une revue écrite et jouée par Pierre Dac et Francis Blanche.

Le théâtre des *Trois baudets* était situé dans le bas de la courte rue Coustou, qui monte roide du boulevard de Clichy jusqu'à la rue Lepic. Quelques pas plus haut vivotait un cabaret, *Le Néant*, dont la façade peinte en noir s'ornait de cercueils et de squelettes ricaneurs. À l'intérieur, dans un décor de caveau de famille, de rares touristes buvaient du whisky servi par des fantômes dans des crânes en plâtre.

Un grand nombre de prostituées exerçaient rue Coustou. Nous nous retrouvions avec elles dans un bistrot, à l'angle de la rue et du boulevard, pour le café avant le travail. Nous débutions à 22 heures, elles aussi. Elles étaient drôles.

— C't'après-midi, j'suis montée huit fois ! J'ai les pieds dans un état !

Si Jacques Brel n'est pas né aux *Trois baudets*, il y a fait ses premiers pas avant de s'élancer vers la gloire.

Et Fernand Raynaud.

Des duettistes chanteurs, « Les Pinsons ». Sous des chapeaux de cow-boys et grattant du banjo, ces garçons ne retenaient pas l'attention du public. Ils se séparèrent. L'un disparut, l'autre, une chance pour nous, persista et devint Raymond Devos, le plus grand poète comique français de notre temps.

Pour ne parler que de ceux avec lesquels j'ai partagé le programme.

Les années que j'ai passées aux *Trois baudets* sont les plus joyeuses de ma vie.

Je ne rêvais pas de carrière. Je n'attendais rien, je n'ambitionnais rien. Je ne me voyais pas, comme Aznavour, en haut de l'affiche. Je vivais l'heure présente sans trouver plus étrange d'être sur une scène rue Coustou en 1950 qu'allongé près d'un camion chargé de médicaments sous les étoiles du Sud oranais en 1947.

Recommandé par Édith Piaf, je suis engagé pour jouer à ses côtés un rôle secondaire dans une comédie musicale.

Sur Édith Piaf chanteuse, mondialement connue et appréciée, que pourrais-je dire ? J'étais près d'elle chaque soir sur scène lorsqu'elle chantait. Chaque soir le miracle se reproduisait, sa voix me bouleversait, comme les spectateurs, jusqu'à la chair de poule.

Mais la conduite de la femme, ses propos me choquaient profondément. M'effrayaient. J'ai toujours été un peu bégueule. Vieux fond d'éducation religieuse. Peut-être n'étais-je pas encore suffisamment rodé aux mœurs des stars. Édith était entourée d'une cour qui applaudissait à tout ce qu'elle disait comme à ce qu'elle faisait. On peut regretter que ses amis ne l'aient pas empêchée de s'endormir aux somnifères et de se réveiller au Maxiton ! Elle chanterait encore aujourd'hui.

Je réussis un coup éclatant qui va me propulser. Je participe à la Nuit de la chancellerie. Somptueux gala en présence du président de la République, Vincent Auriol, au premier rang avec son épouse, entourés des membres du gouvernement et de la haute magistrature.

Plus qu'un succès, un triomphe. Et un photographe prend le bon cliché : le Président Auriol, hilare, les jambes en l'air dans son fauteuil. C'est en première page du *France-Soir* du lendemain. « Qui fait rire ainsi le Président ? » Suit un commentaire ronflant sur le prodigieux comique jusqu'ici inconnu.

Je loue pendant quelques mois un studio dans un immeuble du faubourg Saint-Honoré, au centre de mes activités. Simone vient parfois m'y rejoindre. Séjours de quarante-huit heures qu'elle vit comme en exil aux îles Kerguelen, puis elle retourne en hâte à Saint-Mandé près de sa mère et de notre fils.

Je n'ai pas l'intention de refaire ma vie. Simone non plus. Pourquoi ne pas continuer la route ensemble dans de meilleures conditions ?

Je suis la vedette d'une comédie de Jacques Deval au théâtre Edouard VII. À mes cachets, importants, d'acteur s'ajoutent les cachets des divers cabarets où je me produis chaque nuit après le théâtre, cachets d'émissions radiophoniques et, plus importants encore, cachets des galas en province, le lundi, jour de relâche. Une pluie d'or ! Je ne compte plus !

J'achète à Maisons-Laffitte, dans les bois bordant le champ de courses, une sorte de manoir depuis longtemps privé de soins, entouré d'un hectare de gazon viré en friche. Acquisition payable en deux ans. Elle le fut en six mois. Trois étages, des chambres en grand nombre et autant de salles de bains. Plus de problèmes de cohabitation. Je vais y installer ma famille.

Restauration, décoration. Je n'y entends rien, les différents corps de métiers auxquels je fais appel s'enrichissent. Le Crédit Lyonnais de Versailles, où mon argent ne transite jamais plus de quelques minutes, estime que la dépense n'aurait pas été plus grande si j'avais fait ravaler le château.

Enfin Simone, mon fils et ma belle-mère, circonspects, — pourvu que ça dure ! —, s'installent à Maisons-Laffitte. À la bonne à tout faire, trouvée dans le voisinage, s'ajouteront bientôt une femme de chambre, une cuisinière, un chauffeur-jardinier et une lingère hebdomadaire. Ma belle-mère va mener tout ce monde-là avec une surprenante autorité. La mort de son mari, boulanger, l'avait laissée sans force, elle en retrouve pour mener la maison, comme elle a dû mener la boulangerie, par la terreur. Comptabilité, secrétariat sont confiés à une cousine de Simone, inexpérimentée. Elle va nous entretenir pendant quelques années dans un flou bancaire qui nous conduira au chaos.

Je loue pour ma mère, qui souffre dans l'escalier du 62 *bis*, un appartement à Saint-Mandé. Elle bénéficie d'une maigre retraite que je voudrais améliorer, elle repousse l'enveloppe avec fierté. Mais elle apprécie qu'on lui envoie la Lincoln conduite par le chauffeur en livrée pour aller faire ses menus achats chez les commerçants.

Puis c'est la télévision.

La Joie de vivre, une émission publique hebdomadaire produite par Henri Spad, embellie par la présence de Jacqueline Joubert. Ils accueillent le samedi après-midi, au théâtre de l'Alhambra, un ou une célébrissime dont ils évoquent la brillante carrière pendant une heure. Je participe chaque semaine à ces émissions avec un monologue entièrement nouveau comme le prévoit le contrat.

L'expérience ne m'ayant rien appris, j'attends la dernière minute pour écrire.

Un certain samedi matin, pas l'ombre d'un monologue pour l'après-midi. Me souvenant de l'épisode heureux de *Papa, maman, la bonne et moi*, je m'enferme dans les toilettes et j'y passe inutilement la matinée. Quatorze heures, je dois partir pour l'Alhambra. Problème de voiture, j'appelle un taxi et j'embarque avec un stylo et du papier. À la hauteur du pont de Bezons me revient en mémoire une nouvelle de Jerome K. Jerome, lue dans l'anthologie des humoristes, le cadeau de Jean Lasnier. L'oncle Podger va accrocher un tableau dans le salon.

— Pas déranger un ouvrier pour si peu ! a-t-il dit.

Mais la famille est mobilisée. L'oncle exige qu'on lui apporte un escabeau, un marteau, un mètre, de la ficelle et un clou à crochet. Une heure plus tard, le salon est dévasté. Le clou est passé à travers la toile et le mur, l'échelle s'est abattue sur le plus jeune des enfants, l'oncle danse au milieu de la pièce en suçant son pouce écrasé tandis qu'on soigne la tante, heurtée à la tête par la chute du cadre.

Je transpose et j'oppose mon père, héros d'une famille imaginaire, à un canard vivant offert par un ami fermier. Au père le soin de tuer la bête et de la plumer. Pendant une semaine le canard va défendre chèrement sa peau, trouver chaque jour dans l'appartement des caches dont il est impossible de le faire sortir sans briser un meuble ou abattre une cloison. Après des poursuites destructrices à la hache, des salves au petit plomb, fatales aux vitres et aux objets d'art, s'organise un véritable safari auquel sont conviées des sociétés de chasse au gros. Pour en finir on tire à la chevrotine sur le canard réfugié dans la salle de bains. Des torrents d'eau s'échappent des tuyauteries perforées, on évacue l'étage. Et le canard est toujours vivant.

La Chasse au canard va devenir célèbre. Pas un pays francophone qui ne connaisse le monologue et son leitmotiv : — *Et le canard était toujours vivant !* Quarante ans plus tard, en 1993, au cours d'une interview accordée à une chaîne de télévision française, Sa Majesté le roi du Maroc, évoquant les attentats perpétrés contre sa personne et dont il est sorti indemne, conclura ainsi :

— Comme dit notre ami Robert Lamoureux : *le canard est toujours vivant !*

C'est la gloire !

൭൭

1952.

Mes débuts au cinéma.

La caméra, la technique me paralysent. Encore plus l'absence du public. Incapable de me décontracter, inaudible, je joue la tête rentrée dans les épaules, le regard fixé sur le parquet. La production suggère de me faire tourner avec une minerve.

൭൭

Le cinéma est un art qui me restera étranger. Au-dessus de mes moyens. Je suis un amuseur, un raconteur, pas un acteur. Pour moi l'estrade, pas le plateau ! Je ne ferai jamais rien de bon au cinéma, le metteur en scène fût-il génial. Je tourne parce que cela me rapporte, mais chaque film m'est une corvée.

൭൭

Malgré la pauvreté du scénario, encore affaibli par mon interprétation renfrognée, *Le Roi des camelots* obtient un énorme succès de curiosité. Je tourne deux autres films dans la foulée. Le public précédemment déçu n'ira pas les voir. Moi non plus.

∾

Au cours de ces années je vais apprendre à me comporter dans le mondain. Restaurants et palaces étoilés, réceptions officielles et vernissages avec toasts qui dispensent de dîner si l'on y arrive avant la curée. Je bois avec grâce le jus d'orange aux cocktails des Lazareff, Pierre Brisson m'ouvre les colonnes du *Figaro* pour une chronique hebdomadaire, Françoise Giroud, ravissante, m'interviewe à l'heure du thé dans un élégant restaurant près des Champs-Élysées. Dans son article elle me compare à un « jeune loup affamé ». C'est bien vu. Jamais eu autant envie de dévorer que ce jour-là !

∾

Mes costumes, sur mesure, sont signés Bardot ou Ted Lapidus. Pour le prix d'un j'en aurais douze à La Belle Jardinière.

Je ne circule qu'en voitures américaines, Buick ou Chrysler, longues comme des wagons et chromées jusqu'à l'allume-cigare. Pour le prix d'une j'aurais douze tractions avant chez Citroën.

La pratique du baisemain m'embarrasse, je m'y risque rarement. À ce propos, je me souviens de ma mère venant assister à mes débuts au *Central de la chanson*. Je lui présente Roger Malher. Qui s'incline, lui baise la main et s'éloigne. Surprise par ces manières raffinées auxquelles ne l'a pas accoutumée la clientèle des tramways et des autobus, maman rougit et ne sait plus que faire de sa main.

ര

Petit nuage à l'horizon auquel je ne prête pas assez d'attention : Simone ne « suit » pas. À mes nouvelles relations, qu'elle juge snobinardes et qu'elle refuse d'affronter, elle préfère ses anciennes copines de bureau.

Dans ce milieu intellectuel, artistique, nouveau pour moi et auquel je tente vainement de m'adapter, je rencontre il est vrai un grand nombre d'imbéciles, hautains et maniérés, creux et sonores comme des tambours. Mais j'y rencontre aussi des gens passionnants, d'autant plus discrets et dépourvus d'affectation qu'ils sont célèbres et talentueux. Un compliment de leur part me laisse perplexe à ne pas savoir comment remercier.

ര

En compagnie de Henri Bourtayre, à qui je dois le *Central de la chanson* et qui m'accompagne au piano lorsque je participe à un gala, nous prenons l'avion un matin à Casablanca pour rentrer à Paris. Gravissant la passerelle devant moi, blonde, jambes longues, une ravissante qui va s'asseoir en bord d'allée centrale, laissant libre, près d'elle, le siège hublot. Je l'occupe. Bourtayre s'assied derrière moi.

Pas le temps d'échanger un mot avec la voisine, l'avion roule, elle ferme les yeux et s'endort. Je l'observe. Le visage est charmant, le corsage entrouvert aussi.

Dix minutes de vol et le corps de ma voisine endormie s'incline vers le mien. Sa tête repose sur mon épaule, ses cheveux caressent ma joue.

Le temps passe et la dormeuse est à présent entre mes bras, blottie. Cela ne se refuse pas et je me prive du petit déjeuner pour ne pas l'éveiller.

Derrière moi Bourtayre s'est levé et me dit à l'oreille :

— Je la connais ! Tu devrais...

Un doigt sur les lèvres, je le fais taire et il se rassied en riant comme un imbécile.

Nous survolons Dijon lorsque la belle endormie ouvre les yeux, découvre sa situation et s'écarte brutalement. Puis, outrée :

— Ça va pas, non ?

Sa voix mâle me fait sursauter.

Avant de commencer la descente je prendrai mon petit déjeuner avec ma voisine, Coccinelle, le plus célèbre, le plus troublant des travestis parisiens.

Encore quelques fautes d'inattention.

Je suis invité à déjeuner à l'Élysée. Repas familial. Le président de la République, Vincent Auriol, Mme Auriol, leur fils Paul, leur belle-fille Jacqueline, et leur petit-fils, charmant gamin d'une dizaine d'années qui me récite *La Chasse au canard*, apprise en écoutant le disque et qui fait rire grand-papa.

Enlevée l'assiette-fromage, on pose à sa place l'assiette-dessert. Dans cette assiette, une coupelle en cristal remplie d'eau tiède sur laquelle flotte un pétale de rose, le rince-doigts. Sous la coupelle, un fin napperon. Non, je ne bois pas l'eau du rince-doigts ! Je l'ôte de l'assiette pour le poser près de mon verre, comme je le vois faire autour de moi. Mais j'ignore le napperon que la famille Auriol ôte avec le rince-doigts. Le maître d'hôtel, embarrassé, tient la tranche de fraise-vanille en suspens au-dessus de mon assiette, attendant que j'ôte le napperon. Je n'en fais rien et le larbin en queue-de-pie, qui pouvait discrètement m'éviter le faux pas, pose la glace sur le napperon. Quelques secondes plus tard, observant les Auriol, je découvre que le napperon devrait être sous le rince-doigts. Pas question de retirer la fine dentelle baignant dans la fraise fondante pour la poser sur la nappe immaculée. Personne ne bronche. Mais je dois raconter une histoire au gamin pour qu'il cesse de fixer le napperon dans mon assiette. Un souvenir qui me taquine depuis quarante-cinq ans.

1954.

Simone met au monde ma première fille, Catherine, dans la très renommée, très coûteuse clinique du Belvédère, à Boulogne. C'est loin de Maisons-Laffitte et il faut être attentif aux premières douleurs pour que le cher ange n'apparaisse pas dans la voiture avant le pont de Saint-Cloud. Il y a à Maisons-Laffitte, à deux pas de la propriété, une maternité parfaitement outillée, où les enfants naissent pour trois fois rien, mais indigne d'une célébrité.

Les fleurs en gerbes, en bouquets, en vases, en pots, emplissent la chambre de Simone. *Marie-Claire* consacre deux pages à l'événement. L'enfant est cent fois photographiée dans les bras de sa maman et de son papa. Jean-Louis, né onze ans plus tôt dans l'anonymat, montre un peu d'aigreur. Je lui rappelle qu'à l'instant de sa naissance les Anglais bombardaient la région parisienne, contraignant les photographes et *Marie-Claire* à descendre aux abris.

1955.

Sortie du film *Papa, maman, la bonne et moi.*

Scénario de Marcel Aymé à partir des personnages de ma chanson. Immense succès populaire qu'ignorent *Les Cahiers du cinéma*.

Le film est produit en majorité par la société LAMBOR FILMS. LAM, c'est moi. BOR, c'est mon associé. Qui est aussi le comptable de l'opération. Malgré le triomphe du film en France et des nombreuses ventes à l'étranger, je ne perçois aucun bénéfice cependant que BOR achète un château dans l'Ouest. Il faudra la menace des gendarmes pour que BOR revende le château et verse à LAM la part qui lui est due.

De tous les illustres que j'ai eu l'honneur de rencontrer je ne retiendrai que Sacha Guitry. C'est peu de dire que j'ai adoré cet homme.

Danielle Darrieux, Louis de Funès et moi avons travaillé avec Sacha Guitry dans des conditions particulières. Nous allions jouer *Faisons un rêve*, l'une des plus charmantes comédies du maître. Il était alors gravement malade. Grabataire. Nous répétions chez lui, dans sa chambre, assis près de son lit, chaque après-midi. Le soir, nous rapportions sa mise en scène sur le plateau du théâtre des Variétés. Très faible, très amaigri, il nous accueillait avec un plaisir visible et interrompait fréquemment la répétition pour évoquer des souvenirs et nous faire rire. Nous le quittions sur un signe de la garde-malade, lorsqu'elle devait renouveler la morphine, sans laquelle la douleur qu'il ne pouvait plus dissimuler devenait trop vive.

Pour la première de *Faisons un rêve*, tout ce que Paris compte de célébrités est dans la salle. On a installé le téléphone dans ma loge. J'appelle le maître avant et après chacun des trois actes. C'est un triomphe. Sa dernière joie, m'a confié Lana Marconi, son ultime épouse.

Sacha Guitry jeune homme, s'étant vu un jour dans une glace défiguré par la colère, avait juré de rester en toutes circonstances maître de lui. Il y avait de la comédie dans une telle attitude, mais quel comédien !

Au cours des années 30, il crée l'une de ses pièces à Bruxelles, au Théâtre royal du Parc. Un événement. Le roi, la reine.

Quatre minutes avant la fin du dernier acte, la dernière scène, le dénouement, la conclusion, tragique erreur du chef de plateau : le rideau tombe ! C'est l'irréparable. Murmures dans la salle, stupeur des acteurs. Si pareil accident m'était arrivé j'aurais tué le chef de plateau, le directeur et peut-être une ouvreuse avant de mettre le feu au théâtre. Sacha Guitry ne bronche pas. Après les brefs applaudissements du roi des Belges, qui régnera désormais sans savoir si les deux amants surpris par le mari s'enfuiront par la porte vers le bonheur ou s'ils se tueront en sautant par la fenêtre, Sacha Guitry regagne calmement sa loge, suivi des yeux par la troupe et les machinistes pétrifiés. Le chef de plateau, unique responsable de la catastrophe, est allé se cacher dans les cintres. Sacha Guitry l'envoie chercher. Lorsque l'homme apparaît, terrorisé, soutenu par deux collègues, le maître tire un gros billet de son portefeuille et le tend au coupable avec un bon sourire :

« Pour la peur ! »

Je tourne, avec des acteurs prestigieux, *Si Paris nous était conté*. Un rôle court et tout à fait dans mes moyens. À l'aube du 14 juillet 1789, Latude, le roi de l'évasion, a réussi à s'enfuir des cachots de la Bastille. Reprenant son souffle sur un banc dans les jardins du Palais-Royal, il voit passer des révolutionnaires parisiens qui vont détruire la forteresse aux cris de : « À la Bastille ! À la Bastille ! » Enthousiasmé, il se joint à eux : « À la Bastille ! À la Bastille ! » Et il y retourne !

À neuf heures, dans les jardins du Palais-Royal, on a entouré le lieu de tournage de cordages interdisant aux nombreux badauds d'approcher. Le personnel technique est prêt. Les révolutionnaires papotent sous les arbres. Sacha Guitry, déjà malade, coiffé d'un large panama, un collier d'ambre en sautoir, attend dans son fauteuil roulant l'arrivée de Latude pour l'asseoir sur le banc et tourner.

Latude, à Maisons-Laffitte, dort profondément. À neuf heures la production affolée appelle Simone et lui demande depuis combien de temps je suis parti.

— Parti ? Mais il n'est pas encore réveillé !

Cinq secondes plus tard, la chemise sur les yeux, le pantalon aux chevilles et sans chaussettes, je roule comme un fou vers le Palais-Royal. Trompé de jour ! Pas relu la feuille de service ! Comment m'excuser ? On ne dit pas à Sacha Guitry :

— J'ai oublié que je tournais un film avec vous !

Neuf heures trente : je me jette dans *Le Grand Véfour*, restaurant célèbre transformé pour la matinée en salle de maquillage. Chausses, perruque, on me bâcle et je cours vers le tournage. La foule s'écarte et je me présente devant le maître. J'ai choisi de rester silencieux, lui aussi. Enfin, presque. Il me tend les bras, m'embrasse et me glisse dans l'oreille :

« On vous aime bien ! »

Puis il me désigne le banc.

Nous perdîmes encore cinq minutes pour me remaquiller parce que je pleurais.

C'est vrai qu'il m'aimait bien.

Dans le même film, une scène avec de Funès. Première prise, je me trompe dans le texte. Deuxième prise, je me trompe encore. Troisième prise, nouvelle erreur.

Sacha Guitry au premier assistant : « Allez dire à Lamoureux que si mon texte ne lui plaît pas, il peut dire le sien ! Mais qu'on en finisse ! »

La quatrième prise, avec le texte de l'auteur, fut la bonne.

Je l'ai vu en difficulté.

Pendant le tournage du film il avait pris un électricien en grippe. Il l'interpellait :

— Dites-moi, monsieur... monsieur... Rappelez-moi votre nom...

— Durand !

Une heure plus tard, au même :

— Dites-moi, monsieur... Rappelez-moi votre nom...

— Durand !

Six fois dans la journée.

En fin d'après-midi l'électricien, à haute et intelligible voix, interpelle Sacha Guitry :

— Ça va, comme ça, la lumière ? Monsieur... monsieur... Rappelez-moi votre nom !

Le maître a rabattu son panama sur son visage, impossible de savoir la tête qu'il faisait dessous.

Mais jamais revu l'électricien.

L'une de ses comédies est très mal accueillie par la critique. Pas un journal ne l'épargne.

Le lendemain il fait coller un bandeau triomphal sur toutes les affiches de sa pièce dans Paris :

LA PRESSE UNANIME !

1956.

Naissance de Sophie, ma seconde fille, dans la clinique du Belvédère. C'est un égal bonheur pour son papa et sa maman mais l'événement est moins souligné par la presse. Sophie n'en souffrira pas.

Depuis plusieurs années je n'écris plus de monologues. Plus de poèmes, plus de chansonnettes. Cela ne m'amuse plus. Incapable de me renouveler, je rabâche *Papa, maman, la bonne et moi* et *La Chasse au canard*. La télévision qui exige du neuf me boude. Les galas en province se raréfient. Loin de me contrarier cela m'encourage à changer de chemin. Je rêve de devenir auteur-acteur, comme le furent Molière et Sacha Guitry. J'ai peu d'espoir de les déboulonner, mais c'est une aventure nouvelle et c'est toujours passionnant de débuter.

J'écris en deux mois, au fil de mon Olivetti portative, un bijou, ma première comédie.

Je propose à Fernand Gravey et à Jeanne Fusier-Gir, des acteurs de grande renommée, de leur en faire la lecture. Fernand Gravey nous reçoit chez lui, rue Raynouard. Élégant appartement où la Grande Armée aligne dans des vitrines ses régiments de soldats de plomb.

Je m'installe à une petite table préparée à mon intention, avec verre et carafe. Fernand et Jeanne s'asseyent dans de larges fauteuils, en face de moi, impatients de mourir de rire.

Ils ne moururent pas de rire ce jour-là.

Au terme d'une lecture abattue d'un trait, à un train d'enfer et sans gorgée d'eau, ils estimèrent que l'œuvre avait des qualités. Peut-être, en chipotant, pourrait-on reprocher au sujet, deux amants surpris par le mari, d'avoir déjà beaucoup servi. Ils me promirent de réfléchir, puis Fernand nous conduisit devant les vitrines et nous vécûmes comme si nous y étions la victoire d'Austerlitz.

Je fais parvenir le soir même une botte de roses à Jeanne Fusier-Gir et je déniche le lendemain, pour Fernand Gravey, un canonnier de l'Empire. Une information accompagnait ces remerciements : j'avais jeté le manuscrit au feu en rentrant chez moi.

Ma première œuvre n'est pas encore consumée que je commence à écrire la seconde.

Un homme en problème avec trois femmes.

— Mets-en quatre ! me conseille Marcel Achard à qui j'expose le plan.

C'est ce que je fais. *La Brune que voilà* franchira le cap de la lecture, et sera montée au théâtre des Variétés. La presse dans son ensemble est couci-couça, mais Jean-Jacques Gautier, dans le *Figaro*, est dithyrambique. Cela suffira pour remplir la salle pendant deux ans.

De cette pièce on fera un film dont je serai le metteur en scène et qui connaîtra un énorme et surprenant succès en Wallonie.

Expérience concluante sur un point : je ne m'amuse pas plus derrière une caméra que devant.

1958.

Les naissances des filles, voulues par Simone, en 1954 et 56, nous avaient comblés de joie. Mon épouse, jusque-là oisive et languissante, pouponna et reprit des couleurs. Des nurses haut de gamme, une par fille, nourries, logées, que Joséphine, patrouillant de jour comme de nuit du haut en bas de la maison, harcelait, déchargeaient la maman des tâches les plus ingrates.

Ma vie hors de la maison n'intéressait plus personne. J'en éprouvais parfois de la tristesse, mais mon travail — mes « clowneries », selon ces dames —, le succès et son cortège m'apportaient des compensations.

Chaque nuit, après le théâtre, j'allais chez *Maxim's* — j'y avais ma table — manger un morceau. Restaurant illustre où régnait Albert, le prince des maîtres d'hôtel. Intraitable sur la tenue, il refoulait une cravate de travers, un manteau qui n'était pas de vison. Tout ce qui compte dans le monde connaissait Albert et tenait pour un grand honneur d'être accueilli, reconnu et salué par lui. Il convenait d'être familier.

— Bonsoir Albert ! Comment allez-vous ?

— Comme ça, monsieur Rockefeller, comme ça ! Et vous-même ?

— Bien ! Merci, Albert !

Et on enviait M. Rockefeller.

Entre le fromage et les profiteroles, je proposais un pas de danse, *cheek to cheek*, *Stardust* ou *Sentimental journey*. Des slows efficaces.

Mes rentrées tardives, parfois matinales, perturbaient le sommeil de Simone. Nous fîmes, d'un commun accord, chambre à part.

Je m'aménageai sous les combles un studio confortable dont l'unique et étroite fenêtre ouvrait sur un marronnier. Moyennant la totalité de mes salaires, je vivais chez moi comme dans une pension de famille, entrant et sortant à mon gré, partageant, selon mes programmes, les repas de la communauté.

Jean-Louis, mon fils, 15 ans, qu'il m'était difficile de surveiller, allait en classe à Maisons-Laffitte les jours où il ne traquait pas les fourmis dans la forêt de Saint-Germain. Il en ramenait d'importantes colonies dans des boîtes en carton et les observait dans sa chambre. Elles s'enfuyaient et nous pouvions les observer à notre tour, surtout les rouges, cheminant vers l'office ou sur nos mollets.

Homme jeune, j'avais trente-huit ans, célèbre et fortuné, libre d'aller à ma guise, éloigné du lit conjugal et pourvu d'une Chrysler décapotable, j'eus maintes aventures à la scène comme à la ville.

Je ne dissimulais pas que j'étais marié et que j'entendais le rester. J'ai observé que cette réserve ne constituait pas un handicap.

J'ai connu aussi des tendresses véritables auxquelles j'ai refusé de m'abandonner.

Michèle P. Je l'avais connue pendant le tournage d'un film. Elle était belle, bourgeoise, son père était commissaire de police, cultivée et divorcée. Sans grand talent, mais elle le savait et ne prétendait à rien. Délaissant *Maxim's*, j'allais souper chez elle. Ici, on m'attendait, on m'écoutait. Elle m'accompagnait dans mes déplacements, bref, une liaison. J'ai envisagé de vivre avec elle et puis... et puis non ! Je ne pouvais pas !

À ma grande surprise, ce qui devait arriver arriva.

Au cours du printemps 1958, je remarquai un changement de comportement autour de moi à Maisons-Laffitte. Simone et sa mère devinrent agressives, les bonnes répondeuses, on négligeait de faire le ménage de ma chambre, j'attendais mon café des heures et mes chemises paraissaient avoir été repassées avec un fer froid. On aurait voulu me faire quitter la pension pour aller vivre ailleurs, au diable, par exemple, qu'on ne s'y serait pas pris autrement. Par le chauffeur, un garçon de Saint-Mandé que j'avais sauvé du naufrage, qui m'était reconnaissant et rapportait, je sus que Madame allait fréquemment à Paris en fin de journée, dans sa voiture, pour ne rentrer que tard le soir, lorsque que j'étais au théâtre.

Interrogée avec d'infinies précautions, Simone me dit que, en effet, elle allait visiter sa cousine

Hélène, souffrante. Hélène supportait mieux la piqûre lorsque Simone lui tenait la main.

La cousine Hélène n'était pas ce qu'on faisait de mieux en fait de fréquentation, elle trompait son mari avec un dentiste.

Comme il y a certaines radiographies conseillées qu'on repousse craintivement de semaine en semaine, je n'ai pas voulu savoir, je n'ai pas téléphoné chez Hélène pour vérifier si mon épouse lui tenait la main, chaque soir, de 17 heures à minuit.

Un matin de mai, sur les coups de 9 heures, j'écrivais dans mon bureau. Je riais aux éclats. Je suis toujours le premier, parfois le seul, à rire aux éclats à ce que j'écris.

Je riais aux éclats lorsque Simone entra et me dit avec l'assurance que donne la décision prise et qu'on n'y reviendra pas :

— Robert, je veux divorcer !

Je ne rirai plus aux éclats avant deux ans.

J'affecte de prendre la chose à la légère,

— Laisse-moi travailler !

J'en crève.

Perdre Simone, les enfants, la maison, belle-mère incluse, c'est perdre ma base, mes racines, mon passé.

Pendant des semaines, serments, cadeaux, je

vais tenter de reprendre Simone. C'est trop tard, beaucoup trop tard.

Épargnez-moi les « Vous l'avez bien cherché ! » : JE NE SUPPORTE PAS !

⁂

Le drame algérien.

J'en suis très affecté. Je ne comprends pas. Après avoir vécu deux années si proche des indigènes, parmi eux, reçu chez eux dans le ksar isolé, — j'y ai même conduit ma mère —, j'imagine mal Hamed, Ali, et tant d'autres dont j'étais l'ami, abattant des Français.

Les comportements de certains colons despotiques, de petits chefs imbéciles ne justifient pas à eux seuls le soulèvement de tout un peuple. Le mal est dans le principe même de la colonisation. Qui a dit, n'est-ce pas de Gaulle, que les colonies sont destinées à être perdues ?

⁂

On se bat dans les djebels, on massacre, on torture, on explose à Alger. À Paris les attentats sont quotidiens. Des agents de police en uniforme sont tués par des membres du Front de Libération Nationale algérien devant les commissariats, des civils sur les plates-formes des autobus quand ce n'est pas à leur domicile. Le FLN est partout, impitoyable, insaisissable.

Je prête mon concours au gala organisé à l'*Olympia* au profit des parachutistes combattants.

Le lendemain matin, à Maisons-Laffitte, coup de téléphone du FLN. La voix est grave, l'accent constantinois. Rappel du gala de la veille. Je suis condamné à mort.

On raccroche.

Dans la demi-heure je joins Louis Amade.

Louis est un grand poète, un merveilleux parolier. Il est aussi chef de cabinet du préfet de police.

— Je me renseigne, ne bouge pas de chez toi !

Une heure s'écoule. Je m'efforce de croire à une mauvaise plaisanterie.

Amade au téléphone :

— C'est peut-être une plaisanterie, mais on va prendre des précautions !

La propriété est au cœur du parc, entourée d'arbres, isolée.

Simone est partie, seule, chez une amie en Touraine. Le soir je dois aller au théâtre. Je m'inquiète, que dis-je, je m'affole à l'idée de laisser les enfants sans protection. Deux gorilles recrutés par moi dans l'après-midi resteront près d'eux, dans la maison, pendant mon absence.

Ma belle-mère proteste, trouve ces précautions inutiles. Pour la première fois j'ose lui faire souvenir qu'elle est ici chez moi. Je lui suggère, si la présence des gorilles l'importune, un excellent hôtel dans le centre-ville où elle peut aller passer la nuit. Et pourquoi pas le restant de ses jours si elle s'y trouve bien.

Pendant une semaine deux policiers en civil m'escortent le soir depuis Maisons-Laffitte jusqu'au théâtre des Variétés. Nous rangeons nos voitures dans la rue Vivienne, qui va de la Bourse au carrefour Richelieu-Drouot. À mi-chemin entre la Bourse et le carrefour s'ouvre, inquiétant avec ses renfoncements obscurs propices à l'attentat, le passage des Panoramas, parcours obligé pour atteindre l'entrée des artistes. Mes gardes du corps sont attentifs bien que, selon l'un d'eux, il n'existe pas de protection efficace contre un tueur décidé.

Psychiquement affaibli par mon drame familial, et l'imagination aidant, la peur m'envahit. La vue d'un visage basané me donne la chair de poule. Où que je me trouve je sursaute à la sonnerie d'un téléphone.

La semaine s'écoule sans incident et les policiers me sont retirés. Je range toujours ma voiture rue Vivienne, face à l'entrée du passage et je trotte en rasant les murs jusqu'à ma loge.

On m'a conseillé de coucher à Paris. Dormir loin des enfants ? Impensable ! Après le spectacle, je rentre chez moi. À minuit je m'immobilise sur le pont de Bezons et je klaxonne. Un coup long, deux coups courts. Je réveille un tiers de la couronne mais les gendarmes de Maisons-Laffitte guettent mon appel, viennent me rejoindre et m'accompagnent jusqu'à la propriété. Éclairé comme sur une scène de music-hall par les phares des gendarmes, je descends de ma voiture pour ouvrir le portail. Un « tueur décidé » caché derrière un chêne m'abattrait comme à la foire.

J'ai renvoyé les gorilles, plus attentifs à protéger les nurses que les enfants.

Une semaine s'écoule encore. Les gendarmes m'abandonnent.

J'ai cru ma dernière heure arrivée trois semaines plus tard.

Je sors du passage après le spectacle.

Près de ma voiture, trois hommes, indiscutablement maghrébins, immobiles, les mains dans les poches.

J'ai le choix. Ignorer les trois hommes et aller à ma voiture. Rebrousser chemin, sortir du passage par le boulevard Montmartre et prendre un taxi. Revenir au théâtre et appeler la police.

Je suis allé à ma voiture. Les trois hommes font face à la portière du chauffeur. Je ne leur adresse pas un regard et, dos tourné, à les toucher, j'ouvre ma portière. Cela va faire boum ! et je n'existerai plus. Je m'assieds au volant. Contact. Je pars en modérant l'accélération.

Ces trois hommes m'attendaient-ils ?

Étaient-ils *indiscutablement* maghrébins ?

◌

Ce qui ne m'empêcha pas d'être sur l'œil pendant encore six mois. Au terme desquels je devins agressif et pris ostensiblement parti pour l'OAS.

Trois ans plus tard je prendrai ostensiblement parti pour le général de Gaulle et l'abandon de l'Algérie. Ce qui me vaudra d'être condamné à mort, une lettre anonyme, par l'OAS.

Blindé, je jetterai la lettre au feu.

◌

Juillet, août 1958.

Le temps des galas quotidiens pour les artistes de music-hall. Stations balnéaires, villes d'eaux. Le lundi Knokke-le-Zoute, le mardi Aix-les-Bains, le mercredi Biarritz. Nous sommes une dizaine à sillonner la France de gauche à droite et de bas en haut. On se succède, on se croise dans les halls des palaces. Les Compagnons de la chanson débarquent à La Baule quand j'en pars, Trenet remballe quand je déballe à Juan-les-Pins.

Sans autoroutes les trajets de nuit en voiture sont épuisants.

Harassé, je stoppe par une nuit noire dans un petit port de la côte atlantique. Je m'allonge sur le siège arrière et je m'endors. Je me réveille deux heures plus tard. Le jour s'est levé. Une foule silencieuse et grave entoure ma voiture. Je me suis arrêté à trois centimètres du bassin. La calandre surplombe la *Marie-José*.

Simone a loué une villa près d'Arcachon. J'y passe un après-midi entre deux galas. Pourquoi Arcachon ? Parce que c'est excellent pour les enfants. Cela semble réussir également à Simone, bronzée, radieuse et entourée. Je signe des chèques, j'embrasse les filles et je repars.

Gala à Deauville. J'y rencontre Jacques Canetti, le directeur des *Trois baudets*. Nous évoquons des souvenirs. Il connaît Simone, j'en viens aux confidences.

— Ça devait arriver ! Vous n'étiez pas faits l'un pour l'autre. Et il vaut mieux que cela se produise aujourd'hui. Trente-huit ans ! Vous pouvez refaire votre vie !

Refaire ma vie ? L'embarras du choix ! Ce qui m'assombrit le projet c'est d'imaginer Simone refaisant la sienne !

Dernier gala de l'été à Vichy.

Fin du spectacle, je cherche un restaurant en

vue d'une assiette anglaise. Dans cette ville de cure où les plus joyeux fêtards sont au lit à 23 heures après le gobelet de l'étrier, plus rien d'ouvert.

— Tentez le Casino ! me conseille une ronde de nuit.

Dans la salle à manger du Casino, faiblement éclairée par un lumignon de service, où déjà les chaises sont sur les tables, un soupeur solitaire, tout là-bas, dans le fond.

— Jean !

Jean est célèbre. C'est le chansonnier le plus spirituel, le plus acéré, le plus élégant que je connaisse.

— Robert !

Pour l'heure Jean est sinistre. Sa femme veut le quitter ! Denise a trouvé dans une poche de veste un billet coquin signé « Ta Josette », une amie du ménage. Mais Jean aime Denise, le malheureux, etc., etc...

Et qu'on ne vienne pas lui dire : « Vous l'avez bien cherché ! » IL NE SUPPORTE PAS !

Il a besoin de s'épancher, moi aussi ! Et nous serions encore à nous épancher si le maître d'hôtel ne nous avait pas expulsés après avoir éteint le lumignon.

Nous marchons quelques heures, au hasard, nous épanchant dans les rues désertes et nous nous perdons. C'est la ronde de nuit — « On vous avait reconnus ! » — qui nous indiquera le chemin du palace.

— À l'exception de ta sainte mère et de la mienne — conclut Jean tandis que le concierge de nuit nous tend les clefs —, toutes les femmes sont des salopes !

— Ça, c'est bien vrai ! dit le concierge. Moi qui vous parle...

Mais déjà l'ascenseur nous emporte.

Septembre 1958.

Tous de retour à Maisons-Laffitte. Dans l'ambiance qu'on devine.

Je reprends les belles représentations de *La Brune que voilà* au théâtre des Variétés. Mais le cœur n'y est plus. Je vis depuis des mois dans une tristesse dont rien ne me tire. J'ai mal à l'âme, dirait le poète, et le corps souffre à son tour. Affligé depuis l'enfance d'un système nerveux en perpétuel déséquilibre, d'un plexus solaire incontrôlable, j'encaisse mal le coup. Des angoisses me tordent l'estomac, je palpite, j'oppresse, j'extrasystole et je tachycardise. J'ai maigri, je suis transparent. On ne me reconnaît plus qu'à la voix. Ma tête n'est pas à ce que je fais, dangereux pour la société je stoppe au vert et je passe au rouge.

S'il m'arrive en scène d'oublier mes tourments, ils réapparaissent mécaniquement le rideau tombé. C'est le harcèlement de l'idée fixe.

Un soir d'octobre de cette pénible année, à l'issue de la représentation, je regagne ma loge. C'est l'instant où, quotidiennement, comme le vent mauvais s'engouffre par une porte ouverte, resurgissent mes maux innombrables, écartés pendant le spectacle. Ce soir-là, je baigne dans un calme étrange que rien ne vient troubler. J'évoque avec insistance Simone, les enfants, la maison, comme on titille avec la langue une dent jusque-là douloureuse. La dent est à présent insensible.

Le calme persistant, je rentre à Maisons-Laffitte à vitesse réduite.

C'est à la hauteur du rond-point de la Défense que, sereinement, je prends la décision d'abandonner le domicile conjugal. Il m'apparaît que prolonger la situation avec Simone, persister dans la passivité, c'est, à court terme, me détruire.

J'ai gardé un souvenir précis de ces heures singulières au cours desquelles, dans une paix étrangement survenue, ma vie a basculé.

J'avais pensé en écrire long sur le sujet. Expliquer le phénomène. Comment notre inconscient prend les décisions pour nous les communiquer à son heure. Des ordres venus d'ailleurs auxquels on ne peut se dérober.

Un ami consulté me dit qu'il n'y a là rien que de très banal et qu'il a connu cela. Torturé par un drame conjugal, il ne dormait plus. Une nuit pourtant, comme il arpentait la chambre désertée par l'épouse, laquelle, comme tant d'autres, à l'exception de nos saintes mères... Donc il arpentait la chambre lorsqu'il connut un calme soudain, reçut l'ordre venu d'ailleurs d'aller se coucher et d'éteindre la lumière. Ce qu'il fit. Il s'entendit alors prononcer à haute et intelligible voix :

— Et puis... merde !

Et il sombra dans un sommeil réparateur.

Il était environ une heure et demie du matin cette nuit-là lorsque je suis arrivé chez moi.

La maison dort. Je ne la réveillerai pas.

De ma chambre dans le marronnier j'ai retenu une suite au Trianon Palace à Versailles.

— Pour tout à l'heure ! Trois semaines ou plus ! Qu'elle soit prête à l'aube, j'arriverai tôt !

Puis j'ai rempli une valise de vêtements, de linge, de livres et je me suis couché.

À sept heures et sans laisser d'adresse, je suis sorti de la maison toujours endormie. J'ai décroché dans le salon, parmi quelques jolies toiles, un Vlaminck neigeux auquel je tiens beaucoup.

Je m'abstiens d'aller embrasser les filles dans leur chambre. Je n'imagine pas qu'on me prive d'elles. Et puis, quoi ! je pars définitivement mais pas en Chine. Le Trianon est à trois kilomètres à vol d'oiseau.

Du Trianon je téléphone à Simone dans la matinée.

— Tu souhaitais le divorce, demande-le. Je

prends les torts à ma charge. Je te laisse la propriété et ce qu'elle contient. Restons amis et ne me prive jamais de mes enfants.

Un long silence à Maisons-Laffitte. Et je raccroche.

À midi je suis dans la salle du cinéma Gaumont, place Clichy. J'assiste en privé à la projection d'un documentaire.

J'en sors vers une heure de l'après-midi et je retourne au Trianon.

Mais le calme a cessé. La désespérance et son train sont de nouveau là, je prends conscience de l'étendue du désastre. Aggravé cette fois par le sentiment de ne plus pouvoir revenir sur mes pas. Le Rubicon ne se franchit que dans un sens.

C'est reparti pour des mois.

L'argent ne fait pas le bonheur mais il peut alléger la peine. Tant qu'à souffrir, souffrons, si nous le pouvons, confortables.

Je loue un ravissant deux-pièces avec terrasse au sixième étage d'un immeuble neuf, rue Adolphe-Yvon, proche du Bois, dans le XVIe.

Je fais repeindre et je meuble en anglais.

Une agence spécialisée dans le placement de gens de grandes maisons — elle fournit les Windsor — me propose une Alsacienne avec accent, Emma, cinquante ans, volumineuse et digne. Nous faisons l'affaire et Emma, femme d'ordre et excellente cuisinière, prendra soin de moi pour la nourriture et la tenue de mon intérieur. Elle se mêle aussi de ce qui ne la regarde pas et m'exprime, par des mines qu'elle croit discrètes, son opinion sur mes invitées de passage avec lesquelles, plusieurs fois par mois, j'envisage de refaire ma vie.

J'ai engagé aussi le chat d'Emma, un animal âgé et malade qu'elle transporte avec elle dans un panier d'osier. Elle n'acceptera pas, c'est à prendre ou à laisser, de s'en séparer. Elle le range le matin dans l'armoire aux balais, va toutes les demi-heures le caresser entre les oreilles et reprend son travail.

Que pensait ma mère de tout cela ? Elle ne savait que penser. En matière de problèmes conjugaux elle était, on le sait, incompétente. Ne donnant tort ni à l'un ni à l'autre, ou tort aux deux, elle redoutait d'être privée de ses petits-enfants. Ce ne fut jamais le cas. Elle put ainsi pourrir Jean-Louis, son préféré.

Trois amis m'aident à garder la tête hors de l'eau.

André Gillois, écrivain, compagnon du Général à Londres. En 1952 il m'avait interviewé à la télévision au cours d'une émission : *Qui êtes-vous ?* Le but étant de cerner la personnalité de l'invité.

Après une heure de questions et de réponses nous parlâmes de la pluie et du beau temps. Impossible de cerner.

Sceptique souriant, il m'a fait retrouver ce bien précieux, le moteur de toutes nos actions : la confiance en soi.

Bernard Lignon, un charmant peintre. Un parcours exceptionnel. Il arrive de Montpellier sans un sou, avec quelques toiles. Il y a du Rastignac dans cet homme-là. Il rend visite aux acteurs dans leur loge. Vend ses toiles, se fait connaître.

Dix ans plus tard il tutoie le Tout-Paris et le reçoit chez lui. On dîne sur la terrasse de son élégant appartement qui domine le parc Monceau. On y rencontre des stars, des industriels, des hommes politiques. Il peint et communique admirablement.

C'est aussi un excellent joueur de poker. Comme il envisage de sculpter un blason à l'entrée du moulin qu'il a acheté et restauré en Provence, Lino Ventura lui suggère deux pinceaux entrelacés.

— Il pourrait y mettre aussi un jeu de cinquante-deux ! dit aigrement Yves Montand qui vient de subir une lourde perte.

Affectueux et lucide, Bernard m'a évité bien des mariages hâtifs où je pensais trouver le remède à une insupportable solitude.

Denis Maurey, le directeur du théâtre des Variétés. C'était le confident quotidien. Inlassable. Il était sage et bon.

Les comédiens lui reprochaient sa lenteur à signer les contrats. C'est vrai qu'il traînaillait sur les engagements jusqu'à l'extrême limite. On pouvait jouer aux Variétés depuis un mois sans faire partie officiellement de la distribution.

Le succès de *La Brune que voilà* et sans doute aussi l'amitié lui firent accepter ma pièce suivante, *Un Rossignol chantait*.

J'avais vu un spectacle monté par Jean Marais qui m'avait enchanté. Je proposai à Marais de mettre ma pièce en scène et d'en faire le décor. Il lut la pièce, la trouva bonne, la fit lire à Jean Cocteau qui s'enthousiasma et lui conseilla d'accepter ma proposition.

Le décor, une route au cœur d'une forêt, fut applaudi au lever du rideau durant de longues minutes. Les applaudissements redoublèrent lorsqu'un authentique cabriolet décapotable, conduit par Guy Tréjan, apparut et stoppa au pied d'un chêne. Les passagers, Dany Robin et Renaud Marie, descendirent alors avec grâce du véhicule et la pièce commença. Nous aurions dû nous en tenir à ces admirables effets scéniques et baisser le rideau. La suite était de trop.

Les journaux du lendemain dans leur ensemble nous le confirmèrent.

UN ROSSIGNOL CHANTAIT
de Robert LAMOUREUX
Il chante faux ! Coupons-lui le sifflet !

Pour ne citer que les plus indulgents.

Nous jouâmes tout de même une saison.

Je vais ici laisser percer une pointe d'aigreur. Côté coulisses les choses se sont également mal passées. Le lendemain de la générale, mes interprètes, tous trois excellents, m'accusant d'être à l'origine de l'unique échec de leur carrière, ne me parlaient plus. Je n'osai pas leur rappeler qu'ils avaient lu et relu la pièce avant d'accepter de la jouer. L'un d'eux bouillait d'impatience à l'idée d'interpréter le plus beau rôle de sa vie.

Leurs loges éloignées de la mienne les dispensaient de me dire bonsoir en arrivant et au revoir en partant. Pendant l'entracte ils se réunissaient pour prendre le thé chez Dany Robin, qui rêvait jusqu'au délire de noblesse et de chasse à courre. Elle ne craignait pas d'affirmer que sa maman, qu'on savait crémière, descendait des Bourbon-Parme. Issu d'une receveuse et d'un éleveur d'écrevisses, je ne fus jamais convié à ces réceptions.

Chaque soir Denis venait bavarder dans ma loge. Son humour et sa gentillesse compensaient les mesquineries de mes interprètes. Pour ne rien dire de leur ingratitude. Grâce à mon *Rossignol*, aussi enroué fût-il, ils gagnèrent largement leur vie pendant un an. Dany Robin augmenta son écurie d'une jument qu'elle aurait pu appeler Robert.

Ni Jean Cocteau ni Jean Marais ne me firent part de leur déception.

Printemps 1959.

Je me débats dans une déprime qui n'en finit pas, menace de s'aggraver. On me conseille l'éloignement. Libre de toute obligation, je peux quitter Paris. Je vais habiter un mas, *Lou Téoulet* — le toit —, sur la colline de Plascassier, entre Cannes et Grasse. Deux hectares d'oliviers entourent le mas. Location-vente. Formule qui permet d'accéder sans s'en apercevoir à la propriété. Un risque : non-paiement du terme échu et le tout revient au vendeur.

Lou Téoulet existe encore, tel que je l'ai vendu en 1960, après deux ans d'usage, à un Anglais.

Partant de Cannes vers Grasse en voiture, vous devez tourner à droite à Mouans-Sartoux, atteindre Plascassier au sommet de la colline, tourner à gauche après le café-hôtel et emprunter une route étroite qui sinue parmi la lavande et les oliviers. Vous longerez, sur votre gauche, les ifs que j'ai plantés, immenses aujourd'hui, pressés les uns contre les autres, véritable mur derrière lequel le mas, en contrebas, est invisible. À la sortie d'un virage, le portail. Une plaque discrète, émaillée, a remplacé la planchette clouée à un pieu : *Lou Téoulet*. C'est une importante et noble maison d'un étage construite sous Charles X. Les propriétaires successifs y ont apporté le gaz, puis l'électricité et le tout-à-l'égout. Je l'ai enrichie de salles de bains, de machines à moudre, à laver, à refroidir, à griller, du téléphone et de la télévision. Quatre tilleuls protègent une large terrasse du soleil et embaument comme une infusion à la nuit tombante. Quand la chaleur n'embue pas l'horizon la maison voit de toutes ses fenêtres la mer, la pointe de l'Aiguille, Théoule. Par mistral les mouettes de la côte planent jusqu'au mas. Dès l'aube le chant des cigales couvre la voix. Elles se taisent — enfin ! — quand le soleil se couche. C'est alors aux grenouilles, des centaines, assises en rond autour des réservoirs d'eau, de coasser éperdument jusqu'à l'heure où — enfin ! — le soleil se lève.

Avant d'emballer le linge, l'argenterie et le Vlaminck pour aller chercher l'oubli en Provence, un mot des films auxquels j'ai participé au cours de ces trois dernières années. Ce sont, dans l'ordre de leurs brefs passages sur les écrans :

Arsène Lupin de Jacques Becker. Ce brillant cinéaste n'aura tourné qu'un seul mauvais film : celui-là.

Un autre *Arsène Lupin*, charmant, d'Yves Robert.

Virgile de Carlo Rim puis *Lettre ouverte* d'Alex Joffé, *Village magique* de Jean-Paul Le Chanois.

Enfin, *Une Américaine à Paris* en compagnie de Betsy Blair. Le seul mérite de ce film, à mes yeux, est de m'avoir fait rencontrer au cours d'un dîner le mari de Betsy, Gene Kelly. Classique ou moderne, j'aime passionnément la danse. Gene Kelly ! J'avais vu tous ses films. Plus de chapeau claque, de canne ni de smoking. Renouvelant le genre, il danse sous la pluie en complet veston. Pour moi, le plus grand.

Je ne parle pas l'anglais, il ne parlait pas le français. Mon admiration silencieuse ne lui a pas échappé. Profitant du passage d'un ange, il m'a regardé en souriant puis il a posé un instant sa main sur la mienne comme pour me dire qu'il y était sensible et m'en remercier. Gene Kelly !

Juin 1959.

Emma, le chat et moi nous quittons l'appartement Adolphe-Yvon, pied-à-terre que je conserve, pour *Lou Téoulet*.

Jean-Louis, mon fils, seize ans, qui vient d'être gravement malade, m'y rejoint.

J'engage Gaston, le frère d'un camarade du patronage. Jeune, honnête et travailleur il remplira les fonctions de maître Jacques.

Attaché au mas depuis des années, un couple. Avec une ardeur méditerranéenne, il bricole ou jardine tandis qu'elle vaque au ménage. Je loue le couple.

Loyers, salaires, trains de maison et lourde pension alimentaire, autant de sorties que ne compensent plus d'entrées. Gaston s'en inquiète. Le Crédit Lyonnais aussi.

J'espérais de mes oliviers en location-vente une sorte d'appoint. Secouer l'arbre, porter au pressoir, et vendre l'huile, en fûts ou en bidons. Sans soins depuis cinquante ans, mes olives étaient impropres à la consommation. L'huile qu'on en tirait était corrosive et rongeait les consommateurs.

Été 1959.

Simone vient avec les filles et la nurse passer une semaine au Téoulet.

À Paris, les enfants m'étaient amenés rue Adolphe-Yvon par le chauffeur, je n'ai pas revu Simone depuis mon départ de Maisons-Laffitte. Ce sera la rencontre de la dernière chance.

Simone ne se jettera pas en larmes à mon cou comme je l'espérais secrètement. Contrainte par la loi de m'accorder les enfants pendant les vacances, elle sera maussade, avec moi agressive, maladroite avec Emma.

Rien ne la satisfait. Plascassier est loin de Cannes et Cannes est loin d'Arcachon.

J'ai affecté le détachement mais lorsqu'elles repartent, le couteau s'est retourné dans la plaie.

Quand cesserai-je de souffrir ?

Septembre 1959.

Il pleut chaque jour sur Plascassier tandis qu'un soleil de plomb écrase la Croisette, quinze kilomètres plus bas. Je rentre à Paris.

À la demande d'un producteur inconscient, j'écris un film, *Ravissante*, que je tournerai l'automne prochain.

En mars 1960, je reçois Marcel Karsenty rue Adolphe-Yvon. Il envisage une tournée du *Rossignol chantait*. Départ janvier 1961. Marcel est accompagné d'une pensionnaire de la Comédie-Française, mademoiselle Magali de Vendeuil, qu'il me propose pour reprendre le rôle de Dany Robin, retenue par ses hallalis en forêt de Rambouillet.

Il faut savoir ce que sont, à cette époque, les Galas Karsenty.

Dans les années 30, Marcel Karsenty et ses frères, Pierre et Robert, avaient hérité de leur oncle une modeste entreprise de tournées théâtrales limitées au territoire. Sous la direction de Marcel, les Galas Karsenty prirent une dimension européenne.

Une représentation des Galas Karsenty était encore en 1960 un événement. Tenue de soirée de rigueur pour les abonnés. Le préfet recevait la troupe après le spectacle. À l'étranger nous soupions à l'ambassade. En Tunisie le Président Bourguiba décorait les comédiens, l'administrateur et l'habilleuse du *Nicham Iftikar*.

Marcel Karsenty, avec qui les acteurs avaient affaire, était un homme affable et d'une extrême courtoisie. Il avait pour les petits rôles les mêmes égards que pour les stars. Et diplomate. Seul Marcel savait apaiser les actrices les plus capricieuses, malveillantes et fouteuses de bordel, dont Suzy Delair était l'incontestable chef de file.

Le théâtre doit beaucoup à Marcel Karsenty.

J'ai rarement l'occasion d'assister aux représentations de la Comédie-Française. Je ne connais la ravissante Mademoiselle de Vendeuil que de nom. Je n'ignore pas qu'elle a été la partenaire de Gérard Philipe, avec Martine Carol et Gina Lollobrigida, dans *Les Belles de nuit*, le chef-d'œuvre de René Clair. Un CV qui me remplit de confusion. Au cours de cet entretien, assez bref, absorbé que je suis par l'écriture de mon film, l'affaire est conclue. Nous convenons de nous revoir plus tard, pour répéter.

Printemps 1960.

Je repars avec ma suite au *Téoulet*.

Simone et mes filles me manquent cruellement.

J'achève d'écrire mon film.

Je peins. À l'huile et au couteau. Incapable de dessiner un œuf ma peinture est abstraite malgré des intentions figuratives.

Juillet 1960.

Coup de téléphone matinal de Marcel Karsenty. Magali de Vendeuil s'inquiète, aimerait parler de son rôle dans le *Rossignol*, qu'elle n'a pas vu aux Variétés.

Retour de Rome, mademoiselle de Vendeuil se posera ce soir à l'aéroport de Nice vers 20 heures. Puis-je la rencontrer et lui lire la pièce ?

Une soirée pour lire et commenter, c'est court. Peut-elle rester jusqu'au lendemain ? Oui. Parfait. J'irai la chercher à l'aéroport. Nous dînerons et je la ramènerai au *Téoulet* où je vais lui faire préparer la plus jolie chambre.

Magali de Vendeuil m'apparut dans le hall de l'aéroport, plus ravissante encore que lors de notre rencontre de présentation, rue Adolphe-Yvon. Nous dînâmes d'une bouillabaisse réputée à Golfe-Juan.

Il ne fut pas question de *Rossignol* ce soir-là. Une semaine plus tôt, je ne sais qui m'avait conseillé la lecture du *Phénomène humain*, du père Teilhard de Chardin, paléontologue et théologien. J'en avais la tête pleine.

J'aime passionnément qu'on m'explique l'Univers. Pourquoi y a-t-il un Univers plutôt que rien ? D'où sort-il ? A-t-il un sens ? La vie, comment ? L'homme, pourquoi ? Accident ? Volonté d'un créateur ? Peut-on ne pas s'interroger ?

J'étais séduit par la théorie du père de Chardin. Et si l'atome, matière première, briquette originelle, n'était pas que cela ? Cette force qui pousse l'atome à s'unir à d'autres atomes, n'était-ce pas la volonté de Dieu ? De Dieu présent dans la matière ! Teilhard parlait alors de l'atome car il ignorait le quark, découvert plus tard, mais cela ne change rien au postulat. Seul le volume de la briquette diminue. Pour Teilhard, Dieu est là, dans le quark ! Les quarks associés vont créer, suivant une loi de complexité, les étoiles, les planètes, les cristaux, les végétaux, les animaux, c'est l'évolution, pour en arriver à vous et moi, uniques buts de l'opération, en route vers le point oméga, la perfection absolue, à l'image de Dieu. Si j'ai bien compris.

Il n'y a rien au monde de plus irritant que d'être interrompu dans une explication de l'Univers par le chef, tenue de cuisine immaculée, à se demander s'il s'approche jamais d'une casserole, toque avantageuse et verbe haut, qui vient vous demander comment vous trouvez sa bouillabaisse !

— Excellente, merci !

J'en termine avec le Dieu particulaire de Teilhard.

Il ne semble pas, à voir le monde comme il va, que nous soyons proches de l'oméga. Il reste encore du chemin à parcourir dans la complexité.

Dieu présent dans le quark ! Pourquoi pas ?

Ce qui met Teilhard en délicatesse avec l'Église, expliquai-je à Mlle de Vendeuil, qui s'efforçait de partager mon exaltation en décortiquant la langoustine, c'est qu'il est contraint de nous faire passer, et Dieu avec nous, dans notre évolution vers l'oméga, par l'algue bleue, premier végétal connu, et le chimpanzé, dernier maillon avant l'homme. Pour cette raison *Le Phénomène humain* sera mis à l'Index. On peut comprendre.

Considérant à cet instant le joli visage de Mlle de Vendeuil, je doute qu'un singe, fût-il lointain et amélioré, l'ait précédée.

Nous atteignîmes *Lou Téoulet* vers 23 heures par des routes embaumées. Emma nous attendait. Elle accompagna Magali de Vendeuil dans sa chambre. Elle en redescendit dix minutes plus tard. Séduite.

Nous lûmes et commentâmes toute la journée du lendemain sous les tilleuls de la terrasse.

Mlle de Vendeuil avait découvert le chat d'Emma dans son panier, l'avait gratté entre les oreilles. La bête ronronna comme une forge, ce qui valut à mademoiselle de Vendeuil d'être embrassée par Emma.

Jean-Louis, mon fils, dix-huit ans, tomba amoureux avant le repas de midi.

Les cigales chantèrent jusqu'à tomber de fatigue et on ne les entendit plus de trois jours après le départ de mon interprète.

En automne 1960, le film est tourné. Je n'en parlerai pas par respect pour les acteurs que seule la faim a pu entraîner dans cette galère.

Nous répétons le *Rossignol* avec les nouveaux interprètes.

Janvier 1961.

Départ de la tournée du *Rossignol*. Elle durera trois mois.

C'est en Suisse, au Lausanne palace, vers la fin de février, que le contenu des valises de Mlle de Vendeuil occupa pour la première fois la totalité des placards de ma chambre.

Été 1961.

Je vis à présent avec Magali au Téoulet.

J'écris une comédie, *Le Bonheur des autres*.

Stupidement persuadé qu'on ne parle bien que de ce que l'on connaît, je raconte l'histoire d'un homme, André, je crois, que sa femme vient de quitter. Longue plainte d'un cœur blessé que je tape en trois exemplaires. J'en adresse un à Denis Maurey. Pièce remarquable, me téléphone-t-il, mais à ce point désespérée qu'on ne peut pas envisager de la monter sur une scène du Boulevard. Il me suggère d'en faire parvenir un exemplaire à la télévision, au service des émissions dramatiques. Ce que je fais en juillet 1961.

À l'heure où j'écris ces lignes nous sommes en 1999, je n'ai pas encore reçu de réponse.

Une leçon : un comique doit s'en tenir aux gaudrioles et ne pas se mêler d'autre chose.

Je suis bien près de Magali. Elle connaît mon mal et le traite avec une douceur et une patience infinies.

Un matin de juillet, j'emmène Emma en voiture au marché de Grasse. À la fenêtre de notre chambre, Magali nous regarde partir, un peu tristounette.

À mi-chemin sur la route de Grasse l'image de Magali à la fenêtre, comme abandonnée, se fixe devant moi. Une angoisse folle m'envahit. Si elle s'en allait ! J'écrase le frein, je fais demi-tour sur place et à mille à l'heure je reviens à Plascassier.

Je bondis dans la chambre, j'entraîne Magali vers la voiture, Emma passe à l'arrière, et nous repartons. Je tiens serrée dans ma main la main de Magali. Le rideau se lève sur un monde enchanté ! J'embrasserais la terre entière !

C'est fini !

J'aime !

Je suis libre !

Les filles, elles ont maintenant cinq et sept ans, viennent passer le mois d'août au Téoulet. Elles arrivent un matin, conduites par le chauffeur, sans leur mère, avec la nurse. On ne résiste pas au charme de Magali. Elle est adoptée dans la journée.

L'hiver 1961-62 sera rude au Téoulet. Pas de projets. Le téléphone ne sonne plus. L'argent manque. Je vends le Vlaminck, j'abandonne l'appartement Adolphe-Yvon, je me sépare de Gaston — il trouvera un emploi, ironie du sort, chez Olympia, machines à écrire. Magali y va de ses économies pour assurer la pension alimentaire qui ne connaîtra jamais le moindre retard, dussions-nous mendier.

La situation va s'aggraver.

Je reçois une lettre recommandée du percepteur de Maisons-Laffitte.

Jusqu'à cette date je ne me suis jamais soucié de connaître le montant de mes impôts, ni de savoir s'ils étaient réglés. La gestion de l'entreprise était entre les mains de la cousine-comptable, aidée d'un coûteux conseiller fiscal.

Après un examen attentif de mes déclarations d'impôts pour les années 1958, 59 et 60, une différence considérable est apparue, au préjudice du Trésor, entre les calculs de la cousine et du conseiller et les calculs plus affinés de la perception. Erreurs que le percepteur impute à l'étourderie et qu'il me suggère de réparer dans les délais les plus brefs. J'éviterais ainsi les classiques frais supplémentaires, qu'il tentera de limiter à 10 % en reconnaissance de *La Chasse au canard* qui le fait encore rire rien qu'en y pensant.

Le conseiller a disparu, la cousine idiote ne

comprend pas, ne voit pas, ne s'explique pas, impossible d'en douter. Je fais un saut à la perception de Maisons-Laffitte pour tenter un arrangement. Le percepteur me reçoit, jovial et admiratif en apparence mais on lit sur son visage l'avidité impitoyable du chasseur de primes. Il consent au tant par mois après versement immédiat des deux tiers de la note.

Où les trouver ?

Il faut vendre Maisons-Laffitte.

Simone et les filles vont habiter à Choisy-le-Roi un charmant pavillon que Simone m'a fait acheter dans le temps des vaches grasses pour y loger l'un de ses oncles en difficulté.

L'oncle ne m'ayant jamais remercié du cadeau qu'il estime ne devoir qu'à Simone, je le vois jeté à la rue avec plaisir.

Un producteur canadien nous propose pour fin janvier 1962 une série de représentations de *Faisons un rêve* à Montréal et au Québec.

Nous acceptons avec empressement.

Jean-Louis retourne chez sa mère.

Emma, que nous aimons, nous quitte à son tour. Elle restera dans nos cœurs mais disparaîtra de notre vie.

Nous nous séparerons du Téoulet à notre retour.

Avant notre départ nous fêtons, Magali et moi,

mon 42e anniversaire devant une bouillabaisse réputée à Golfe-Juan.

J'évoque, par plaisanterie, les atomes pensants de Teilhard de Chardin. Miracle ! Le chef se pointe !

— Comment trouvez-vous ma bouillabaisse ?

Les voyages étant à la charge du producteur, je choisis de me rendre au Canada, via New York, à bord du *United States*, compagnie américaine, luxueux paquebot, plus long que le *France* d'un bon mètre et détenteur pour quelques semaines encore du ruban bleu. Je veux aborder l'Amérique autrement qu'en avion. Convaincu d'autre part qu'un bateau de cette taille ne peut pas gigoter comme le *Djebel Aurès*, l'Océan serait-il entièrement démonté.

Nous embarquons le 15 janvier au Havre.

Sur l'Océan entièrement démonté, le *United States* ne gigote pas. C'est pire. Par le hublot de notre cabine j'aperçois tantôt le ciel, tantôt les profondeurs verdâtres de l'Océan. Mouvements lents accompagnés de légers reculs, entrecoupés d'instants d'immobilité qui bouleversent l'âme. Je me nourris, alité, de bouillons légers pendant les cinq jours que dure la traversée. Cependant que Magali, fraîche comme l'œil, entre, sort, va, vient, dîne en ville et fait des achats.

C'est enfin, à l'aube du sixième jour, le calme

revenu, l'annonce que la terre sera bientôt visible. Je peux me lever, aller sur le pont.

Cette bande sombre, tout là-bas, lentement apparue, qu'on distingue à peine, c'est l'Amérique ! Inoubliable instant !

Au Havre, accompagnant nos valises à la douane nous avons rencontré Jacques X..., un ancien présentateur de la télévision, benêt blond fadasse, disparu de l'écran depuis une dizaine d'années. Excité, impatient, Jacques nous précède devant les douaniers qui visitent les bagages.

Nous le revoyons sur le quai quelques instants plus tard. Il surveille l'embarquement de sa voiture, une rutilante Oldsmobile décapotable qu'il compte utiliser à New York où, nous affirme-t-il, les taxis sont hors de prix. Il nous engage avec une étrange insistance à faire comme lui. Nous refusons et ma voiture, garée dans le parking du port, y restera.

À New York nous retrouvons Jacques le soir même au bar de l'hôtel où nous sommes descendus.

Quelques heures plus tard il se fera cueillir dans le parking de l'hôtel, près de sa voiture, par des agents du FBI. Il amenait de France, dissimulés sous les ailes de l'Oldsmobile, vingt kilos d'héroïne.

L'affaire fait un bruit international. Nous

apprendrons que Jacques et sa marchandise étaient repérés depuis Paris et attendus par les policiers new-yorkais.

Jacques dénoncera ses complices et la filière sera démantelée. Il purgera dix ans de prison en Amérique, à l'abri d'un règlement de comptes, avant de revoir Chamonix d'où il est originaire.

Son insistance à me faire embarquer ma voiture ? L'idée de faire passer la drogue de sa carrosserie dans la mienne pendant la traversée ? Allez savoir !

Après une série de représentations sans grand succès à Montréal et au Québec, où nous visitons par politesse une maison du XVIIe siècle dont nous possédons encore en France des millions d'exemplaires, mais devant laquelle les Québécois s'émerveillent et s'attendrissent, leur passé commence là, nous décidons de revenir pour quelques jours à New York.

Nous quittons le Montréal Palace de bon matin. La neige tombe, le mercure est descendu si bas dans les thermomètres qu'on ne le voit plus.

Le train roule en direction de New York depuis un quart d'heure lorsque se présentent les contrôleurs canadiens et américains.

Billets de train et passeports sont restés à l'hôtel, dans le tiroir de la table de nuit.

On nous débarque avec nos valises sur un quai

de gare balayé par le blizzard à cinquante kilomètres de Montréal où nous revenons en taxi.

Je loue une voiture et nous repartons pour New York. Cinq cents kilomètres sur une large route verglacée, barrée de congères que nous traversons à l'aveuglette. Les douaniers canadiens et américains tentent vainement de nous retenir à la frontière. Impossible pas français ! Nous roulons !

À New York, je m'emmêle dans les périphériques et je ne parviens pas à trouver Central Park. Seule est clairement indiquée la route de Washington. Nous coucherons à deux pas de la Maison Blanche.

Deux jours à Washington, où je me fais voler une chemise, et nous allons vers la Floride.

Il fait encore très froid à Washington. Nous enlèverons nos manteaux en Caroline du Sud pour arriver débraillés quarante-huit heures plus tard à Miami.

Quinze jours au chaud pendant lesquels je pêche le thon, une prise garantie en trois quarts d'heure pour trente dollars, photo non comprise. On achève l'énorme bête à coups de batte sur la plage arrière. Le sang coule. C'est cruel à vomir.

Le monde est petit. Un soir, en sortant d'un cinéma, *Le Cid*, avec Geneviève Page, nous roulons dans la nuit tiède jusqu'à la pointe extrême de la Floride. Qui est aussi la pointe extrême de Miami, interminable. Vers une heure du matin sur la route déserte, enfin hors la ville, nous stoppons devant un drugstore encore ouvert où un unique vendeur dort sur sa caisse. Nous allons au fond du magasin où nous choisissons des tee-shirts amusants pour les enfants.

Une voix dans mon dos.

— Robert ! Qu'est-ce que tu fais là ?

C'est Jean Sablon !

Pendant notre séjour à Miami, le *France*, dont c'est le voyage inaugural, est arrivé à New York.

Le commandant a forcé l'allure malgré la tempête pour reprendre le ruban bleu détenu par le *United States*. La casse a été considérable. Elle sera aggravée par les journalistes américains invités à bord pour un cocktail. Chauvins, furieux du succès du *France*, ils écrasent leurs cigarettes sur les cuirs des fauteuils, lacèrent les tapisseries, souillent les moquettes.

Nous serons parmi les passagers pour le voyage inaugural de retour, New York-Le Havre.

Traversée plus calme qui me permet d'apprécier le luxe inouï du bâtiment.

Mais la table ! Caviar, foie gras, champagne, vins prestigieux à volonté ! Monstrueux gâchis ! On pouvait déjà prévoir que la compagnie coulerait avant le navire.

Fin d'année 1962.

Je joue une comédie de Marcel Achard, *Turlututu*, au théâtre Antoine.

C'est le temps où Marcel, délicieux auteur, adorable ami, si tendre, si drôle, après de nombreux succès traverse le désert.

J'ai lu le premier acte de *Turlututu* devant Simone Bériau, la directrice du théâtre, Jean Meyer, le metteur en scène et l'auteur. Nous rions beaucoup.

Lecture du second acte trois semaines plus tard devant le même auditoire. Nous rions moins.

Les répétitions commencent sans que le troisième acte soit écrit. Je crois comprendre, sans rien en dire, que Marcel n'a aucune idée de ce que pourrait être cette dernière partie qu'il nous promet chaque soir pour le lendemain.

Voilà la fin tant attendue. Je connais, pour l'avoir lue tout entière, l'œuvre de Marcel. Ce dernier acte qu'il nous apporte me semble, au moins dans sa construction, sorti tout droit de l'une de ses premières pièces aujourd'hui oubliée. Je me tais également sur ce détail. Il est trop tard pour espérer mieux, nous ferons avec.

C'est un échec mémorable devant le Tout-Paris atterré.

Anne Gaylor, Yves Vincent et moi, nous nous agitons en vain, deux heures durant, dans un silence de cathédrale qu'aucun rire ne vient troubler.

Je sors de scène un instant. Marcel est assis sur une chaise en coulisses. La déception doit se lire sur mon visage.

Il me sourit, philosophe et rassurant derrière ses énormes lunettes.

— Ne t'inquiète pas ! me dit-il. Je les connais ! Ils rient sous cape !

Nous atteignons la fin et le rideau tombe.

Saluts écourtés. Trois applaudissements d'inconditionnels.

Nous ne recevrons personne en coulisses car Simone Bériau a convié ses amis présents dans la salle, soit une centaine de personnes, à souper au *Louis XIV*, proche du théâtre, après le spectacle. Le temps de nous changer, c'est avec un léger retard que la troupe, Marcel en tête, rejoint les invités.

Il faut avoir vu ça ! Applaudissements, compliments qu'on jurerait sincères... Les plus intimes, parmi lesquels des confrères du maître, enchantés de leur soirée, se ruent sur Marcel, l'étreignent.

On entend :

— Chef-d'œuvre !

— Tu vas tenir trois ans !

— Ta meilleure pièce !

— C'est bien simple, je n'ai plus de Rimmel !

Marcel, pas dupe un instant, accole et bise avec une reconnaissance émue merveilleusement interprétée.

Décadence et grandeur, deux ans plus tard Marcel écrira *Patate*, qu'on jouera mille fois !

1963.

Je dois à *Turlututu* d'avoir rencontré une amie de Simone Bériau, Mme Dubois.

La fille et le gendre de Mme Dubois, l'amiral Ponchardier, étaient morts tragiquement quelques mois plus tôt dans un accident d'avion. Ils possédaient dans les Yvelines, près de Neauphle-le-Vieux, une propriété, *La petite ferme*, revenue à Mme Dubois après la mort de sa fille. Elle veut s'en séparer. Nous visitons. C'est le coup de cœur. Nous l'achetons. À crédit.

∾

Ma situation financière est fragile. Le percepteur de Maisons-Laffitte, qui voit poindre une promotion à Versailles, ne lâche pas sa proie. Tous mes comptes sont bloqués. Banque, droits d'auteur, de mise en scène, salaires d'acteur. Il faut manœuvrer.

Je monte *Arsenic et vieilles dentelles* au théâtre Daunou. Un succès. Belles recettes. J'encaisse le fruit de mon travail grâce à une amusante gymnastique comptable. Magali, qui ne fait dans la pièce que de brèves apparitions, perçoit un cachet de star tandis que j'assume le rôle principal en échange d'une mensualité insaisissable de figurant.

∾

Cressay.

Invisible, presque introuvable au creux d'un vallon, Cressay est un lieu-dit, sans église, sans mairie, sans école et sans commerçants, à l'exception d'une veuve de gendarme qui dépanne en sucre, en sel, en allumettes et en bonbons.

Un mot d'histoire.

Au XIVe siècle, sous Philippe IV le Bel, vivait à

Cressay, selon Maurice Druon, tomes I et II des *Rois maudits*, collection de poche, dans un château dont il m'a été impossible de trouver les ruines, une damoiselle ravissante et pure, Marie, fille du sire de Cressay, décédé. Elle reçut un jour la visite de Guccio Baglioni, jeune et bel Italien au service de Spinello Tolomei, son oncle, usurier lombard, auquel le sire avait emprunté. Guccio devait se saisir du château de Marie, en remboursement des dettes du sire. Moins intraitable que son oncle, Guccio ne se saisit que de Marie à laquelle il fit un enfant la nuit suivante avant de repartir pour la capitale.

Marie eut un fils, qu'elle éleva seule. Ce genre de drames m'émeut toujours. Elle n'osa le présenter à son père que lorsque l'enfant obtint le certificat d'études. Je suppose.

La petite ferme était autrefois un chemin bordé de chaumières, d'humbles logis d'ouvriers journaliers, séparés ici et là par une écurie, une étable pour la vache ou le cheval. Murs de forteresses en pierres mêlées à la terre du lieu. Aggloméré propice à l'humidité et au salpêtre dont nous ne pûmes jamais nous débarrasser.

Un portail avait depuis longtemps fermé le chemin qui fut recouvert par une pelouse. À droite en entrant s'alignaient ces habitations de hauteurs inégales, formant une suite que les propriétaires successifs avaient habilement aménagée. Des portes avaient été percées. On allait d'une écurie devenue boudoir à une remise transformée en living. La Marine nationale ayant apporté, pour la rénovation, son aide à l'amiral Pontchardier, précédent propriétaire, on atteignait les chambres anciennement greniers par des escaliers d'entreponts. On appelait aux repas en agitant une cloche de bord.

Poutres apparentes, cela va sans dire, cheminées innombrables où l'hiver disparaissaient des forêts.

À l'extérieur le chèvrefeuille, la vigne vierge et les roses recouvraient les murs et les toits.

La pelouse s'étendait en pente douce jusqu'à la Mauldre, une rivière étroite qu'on entendait à peine bruisser sous les arbres.

C'était charmant.

Face aux maisons, sur l'autre bord du chemin, de la pelouse aujourd'hui, s'élevaient des bâtiments plus larges où s'abritaient les carrioles et les tombereaux. J'ai élevé là, dans un luxe inouï, des lapins par centaines.

Sortant du théâtre, je rentrais à Cressay à l'heure où dans le silence s'exhalent les parfums de la campagne, accueilli sur le bord des routes par des familles entières de lapins de garenne que n'avait pas encore décimés la myxomatose. À la senteur des foins coupés s'ajoutaient les relents d'écuries des fermes voisines.

On s'éveillait aux coqs.

Dans la matinée le pain, le viande et l'épicerie stoppaient sur la friche, placette gazonnée, cœur du lieu-dit, qu'ombrageaient trois tilleuls.

La factrice, fonctionnaire énorme chevauchant une fragile mobylette, nous apportait le courrier. Elle s'asseyait dans la cuisine où nous lui servions un café brûlant l'hiver et un vin blanc sec et frais à la belle saison.

J'ai défriché, labouré, planté, semé au bord de la rivière et mon potager faisait pâlir d'envie.

Madeleine, une rude paysanne des environs, a remplacé Emma.

Les filles, Catherine neuf ans, Sophie sept ans, viennent à Cressay passer les week-ends et les vacances scolaires.

Magali est enceinte — nous sommes à présent mariés — et cela ne se présente pas bien. Elle risque de perdre l'enfant. Cerclée, couchée. Pour des mois.

Madeleine étant absente, le dimanche c'est moi qui fait la cuisine. Je suis l'auteur d'un plat, baptisé *pommes papa*, destiné aux familles, peu coûteux, nourrissant, facile à confectionner.

Plusieurs kilos de pommes de terre sont épluchées. Dans un faitout pour collectivités une livre et demie de beurre, un panier de gousses d'ail, une botte de persil. Du thym. Sel, poivre. Vous mettez à feu doux, sans recouvrir entièrement.

Vous pouvez alors, si elle est réparée, pousser la tondeuse, aller à Neauphle-le-Château acheter les desserts, enfin rechercher les filles dans la campagne et vous servez.

Point de table. Nous déjeunions dehors, assis sur l'herbe, le faitout au milieu.

Ôté le couvercle du faitout, une puissante odeur d'ail couvre les Yvelines.

Magali, couchée, cerclée, à qui les mots « repas », « nourriture » donnent la nausée, qui vomit à la vue d'un radis, appelle au secours. Je dois en hâte fermer portes et fenêtres et nous terminons les *pommes papa*, en bas, près de la rivière.

La vaisselle est faite selon une méthode intéressante mais inapplicable en appartement. Les assiettes, les couverts et le faitout dans l'herbe sont passés au jet et sèchent sur place.

∾

Dans la nuit du 22 au 23 février 1964, à une heure du matin, j'emmène Magali à l'Hôpital américain.

Quelques heures plus tard naîtra ma troisième fille, France.

La mère et la fille se portent bien.

La vie est belle !

∾

Et comment va votre maman ?

Bien, merci. Alice partage sa retraite entre Cressay et Saint-Mandé.

Nous recevons aussi la maman de Magali. Elle

a près de quatre-vingts ans. Coquette, rieuse, papillonnante, Jeanne Pichon de Vendeuil, née d'Aspe, noblesse béarnaise, est la plus délicieuse belle-mère qu'on puisse souhaiter.

Parmi nos voisins, M. Cauville. Un fermier nonagénaire, usé par le travail et le malheur. Je le saluais le matin lorsqu'il venait chercher son pain sur la friche.

Il avait possédé des terres, du bétail, une ferme active.

Sa femme mourut en accouchant d'un fils, Jean.

Lorsque nous nous installâmes à Cressay, Jean était mort depuis une vingtaine d'années. Dans un champ à flanc de colline, près d'un bois, il avait été écrasé par son tracteur dont les freins s'étaient desserrés.

M. Cauville travailla encore quelques années puis se défit de ses terres et de son bétail, et vécut seul dans sa ferme.

Il montait chaque jour jusqu'au bois où avait eu lieu l'accident.

Je le rencontre un matin, sur la friche. Je lui serre la main.

— Comment va ?

— Ça va, me répondit-il, mais je crois que ça suffit !

Puis il rentra chez lui.

Je n'attachai aucune importance à sa réponse.

Le lendemain on le découvrit pendu dans son grenier.

Nous vivrons à *La petite ferme*, notre résidence principale, définitivement acquise, jusqu'en 1967.

À cette date, après une visite au ministre des finances qui allégera le fardeau, en remerciement de *La Chasse au canard*, qui le fait encore rire rien qu'en y pensant, le Trésor est remboursé.

Pendant ces trois années je n'ai pas cessé de travailler. J'ai écrit et joué deux comédies. *Échecs et meurtres*, au théâtre des Ambassadeurs, *Frédéric*, au théâtre Edouard VII. Elles feront chacune une saison sans éclat.

Pendant cette période j'ai sans doute participé à des films. Il me faudrait consulter mes archives, mais cela ne vaut pas le dérangement.

Mai 1966.

Magali et moi effectuons en Côte-d'Ivoire un voyage hallucinant, organisé, conduit par Mme Pierre Messmer, présidente d'une association brestoise. Mme Messmer est l'épouse sympathique, volcanique de Pierre Messmer, qui sera trois ans plus tard Premier ministre. Nous accompagne un groupe folklorique de cornemuseux brestois en costumes.

Soirée officielle et bretonnante à Yaoundé, au cours de laquelle, dans une chaleur de four, je suis invité à dire quelques vers et les cornemuseux en costumes à corne-muser.

À l'aube du lendemain nous embarquons dans un avion sorti des ateliers de Latécoère dans les années 20 pour aller décorer au cœur de la forêt équatoriale des fonctionnaires méritants et bretons.

Les cornemuseux, ils sont sept, et leurs instruments occupent à eux seuls les trois quarts de la carlingue. Mme Messmer, Magali et moi sommes presque assis sur les deux sièges restants.

Après diverses manipulations, crachotements fumeux du moteur, l'hélice tourne enfin, nous allons décoller.

Survient alors une camionnette chargée à ras bord de clayettes contenant des haricots verts frais.

— Puisque vous allez à Yougoudou — le nom m'échappe — est-ce que vous ne pourriez pas leur emporter ça ?

Avec l'accord enthousiaste de Mme Messmer, dont le seul but dans la vie, à l'exemple de son mari, est de SERVIR, les clayettes sont hissées à bord. On en met partout. Magali et moi avons chacun une clayette sur nos genoux. Les cornemuseux disparaissent sous les clayettes.

Des clayettes en excédent débordent de l'appareil, on ne peut plus fermer la porte. Qu'importe ! Nous roulons lourdement et nous décollons.

À deux cents mètres d'altitude, nous survolerons pendant une heure la forêt équatoriale, attentifs à l'inclinaison de l'appareil. Passagers et cargaison, tout peut glisser dans le vide.

Nous perçûmes quelques hoquets du moteur. J'en fis l'observation au pilote, un homme âgé au visage buriné d'aventurier. Il nous hurla de ne pas nous inquiéter. Il précisa néanmoins que si nous tombions dans la forêt équatoriale, le feuillage se refermerait après notre chute et personne ne pourrait nous retrouver. Et, à supposer que nous ne soyons pas morts déchiquetés, empalés dans les branches, comment s'orienter là-dedans ! Que, à tout prendre, c'est moins grave de tomber dans l'Océan parce qu'un avion peut flotter un certain temps et être repéré. Pas un avion comme celui-là, évidemment. Celui-là coulerait comme une serrure.

Une tache plus claire dans le sombre de la forêt. C'est là. La piste a les dimensions d'une allée de jardinet. La chance est de notre côté, nous nous posons. Une chaleur torride.

Déchargées les clayettes, les cornemuseux en costumes se rangent devant le consulat, une cabane à outils, puis Mme Messmer, en vertu des pouvoirs qui lui sont conférés, décore au soleil un employé breton des Eaux et Forêts équatoriales très ému.

Nous ranimons un cornemuseux victime d'un coup de chaud et nous repartons.

Mme Messmer décide de laisser la porte ouverte comme à l'aller pour rafraîchir l'échaudé. Sitôt dit, sitôt fait, madame Messmer pousse la porte qui cède brutalement. M. Messmer serait depuis longtemps veuf si le pilote n'avait pas rattrapé notre chef par le bas de sa robe.

L'appareil survole une sorte de mare dans laquelle un autre Latécoère a plongé il y a quelques mois. Le nez dans la boue, il est enlisé jusqu'au manche à balai.

— Panne de moteur !
— Et le pilote ?
— Tué sur le coup !

Il y a des moments dans la vie où l'on se demande ce qu'on est venu faire là, à survoler, par exemple, des forêts équatoriales, au risque de s'empaler sur un baobab ou de mourir noyé dans un marigot, quand il était si facile de décliner poliment l'invitation et de rester chez soi, dans son jardin, à biner en sifflotant la *Hâtive du nord* ou la *Pommée Nivernaise à larges feuilles*.

Mais voilà ! À la proposition de madame Messmer, Magali avait battu des mains.

— La forêt équatoriale ! La forêt équatoriale !

Je constate au cours de ce voyage combien au fil des ans je suis devenu pointilleux sur ma sécurité et ma santé. Une expédition comme celle-là m'aurait amusé quinze ans plus tôt. J'aurais marché sans parachute sur l'aile de l'avion en plein vol pour épater la galerie.

Cette crainte permanente, excessive, je m'effraie d'un bouton, d'une douleur, d'un bruit insolite est due en partie à l'intérêt qu'on porte à ma santé dans mon entourage professionnel. Je suis devenu précieux. Au théâtre je n'ai pas de doublure. Si je ne peux pas jouer on rembourse. Énorme responsabilité. Il en va ainsi pour toutes les têtes d'affiche. On comprend l'inquiétude du directeur qui téléphone histoire de voir comment ça va ce matin si je me suis plaint d'une légère migraine la veille au soir. Il est fatal qu'à s'ausculter ainsi quotidiennement ou presque on finisse par trouver quelque chose quelque part qui ne va plus ou va moins bien. On n'y prenait pas garde, à présent on s'en inquiète.

Ne pas assurer une représentation est une véritable catastrophe pour un acteur. Il faut être dans un état de total délabrement, constaté par le médecin des assurances appelé en hâte, pour déclarer forfait.

Maladies, naissances ou deuils, un acteur joue. Je peux affirmer, paraphrasant Guillaumet perdu avec son Latécoère dans la cordillère des Andes, que ce que j'ai vu faire à des comédiens pour assurer la représentation, aucune bête ne l'aurait fait.

Que le président de la République, comme n'importe quel employé à la voirie, soigne son rhume au chaud pendant trois jours, personne ne s'en apercevra. Remplacer pour un soir la vedette du spectacle, c'est l'émeute au contrôle, on frappe les ouvreuses.

Le spectateur qui vous adore sur scène vous aime moins au lit, surtout si cela le contraint à revenir une prochaine fois. Ou, formule qui répugne au directeur, à se faire rembourser.

J'approche de la cinquantaine et les retours de nuit à Cressay, après le spectacle, l'hiver, par des routes enneigées et pas encore élargies, me fatiguent.

Nous quittons Cressay, qui devient une résidence secondaire, pour habiter Boulogne, 92100.

Les événements de mai 1968.

Pour mes petits-enfants, nombreux, voici les faits.

Gagné par des idées nouvelles, des philosophies de pointe, le maoïsme, l'existentialisme et l'en-soi sartrien, entre autres, le monde estudiantin prend feu à l'occasion d'une interdiction faite par le rectorat de Nanterre aux étudiants mâles de quitter leur pavillon, la nuit, pour aller étudier chez les étudiantes femelles, le pavillon d'à côté. Entrave à la mixité. La révolte.

Elle se transporte au Quartier latin, boulevard Saint-Michel et rues adjacentes, lieux traditionnels des confrontations entre les enfants des écoles et la maréchaussée.

Partant de Boulogne, je vais chaque soir au théâtre du Palais-Royal où je joue *Désiré* de Sacha Guitry. J'en reviens vers minuit par le faubourg Saint-Honoré ou la rue de Rivoli, la révolte n'est pas sur mon trajet. Elle n'est pas dans Boulogne non plus. Je ne connaîtrai des événements que ce qu'en diffusera en non-stop la télévision. Certains rédacteurs sélectionnant les images selon leur préférence, qu'on ne souhaite pas connaître, pour Mao ou les CRS, beaucoup disparaîtront à la fin de la récréation.

Comme on le sait si l'on n'a pas commencé ce livre par le milieu, mes études ne sont pas allées jusqu'aux universités. Les problèmes que connaissent les étudiants me sont inconnus. Les tabous contre lesquels ils s'insurgent n'entravaient pas ma liberté quand j'avais leur âge, j'étais en usine, et le problème de la mixité était pour moi depuis longtemps résolu ! Il me semble néanmoins que l'éducation que nous dispensaient nos maîtres à la communale m'aurait interdit de m'introduire nuitamment et sans l'autorisation du directeur dans l'école des filles voisine de la nôtre.

Je tiens, globalement, ces jeunes gens et ces jeunes filles révoltés pour des privilégiés, fils et filles de familles bourgeoises — ils représentent quatre-vingt-dix pour cent de la population estudiantine combattante — et leurs revendications ne m'intéressent pas. Mais les slogans m'amusent.

Interdit d'interdire !

Sous les pavés, la plage !

Le théâtre de l'Odéon devient un foyer insurrectionnel. Jean-Louis Barrault et sa femme, monstres sacrés et jusque-là subventionnés, s'y expriment quotidiennement. Pas cabots pour un sou, leurs attitudes sur scène rapellent les grands moments de l'histoire. Madeleine Renaud, la Marseillaise de Rude, Jean-Louis, Gavroche sur les barricades ! L'Art pour l'Art ! Brisons nos chaînes ! Un tabac !

Les ouvriers des usines Renault à Billancourt, ceux de Flins, opportunément entraînés à leur tour par les syndicats, se joignent au mouvement estudiantin. Eux au moins ont un but précis : profiter de la situation, voire l'aggraver, pour obtenir des augmentations de salaires.

C'est un plaisir chaque matin de lire les éditoriaux des journaux modérés qui tentent de prévoir de quel côté va tourner le vent dans la journée. Louis-Gabriel Robinet dans *Le Figaro* réussit l'exploit d'avancer en reculant pendant un grand mois avec une égale fermeté.

L'affaire prend du volume. Grève générale. Le gouvernement débordé met les pouces et ce sont les accords de Grenelle.

Seule gagnante de cette agitation qui ne fera que des blessés légers, la classe ouvrière. Je m'en réjouis, c'est ma famille, et que les étudiants, dont nous finançons les études, retournent à leurs coûteuses universités. Ce qu'ils feront.

On verra Jean-Louis Barrault et madame, ayant scié la branche sur laquelle ils étaient assis, courir les ministères les mois suivants pour récupérer un théâtre parmi ceux qu'ils ont imprudemment jeté au peuple.

Le calme est revenu. On balaye le boulevard Saint-Michel. Et on le goudronne.

C'en est fini de la chienlit, mais plus rien ne sera comme avant.

La véritable révolution commence.

1968-1974.

Catherine et Sophie sont bachelières. L'une avec mention. On comprendra mon émerveillement.

4 janvier 1970.

Cinquante ans ! Dîner chez *Maxim's*. La famille, cinquante copains, trois amis.

En mars 1970, maman meurt après une brève maladie.

Trois semaines de désespoir caché, de souffrances que rien ne soulage. Raconte-t-on cela ?

Le point de non-retour dépassé, maman ne m'entend plus, les médecins me proposent de mettre un terme à ce calvaire inutile. Choix inhumain, impossible à faire. Je ne veux pas la perdre, je ne veux plus qu'elle souffre.

Chez elle, à Saint-Mandé, dans l'armoire, entre deux draps, une assez forte somme accompagnée d'un petit mot : « Pour mon enterrement ».

Dans une boîte, des lettres de moi, enfant, lorsque j'étais en colonie de vacances.

« Maman chérie,

Je vais bien. Hier nous avons été dans la forêt. Je n'ai pas eu mal à la tête...

Embrasse grand-père très fort.

Ton fils qui t'aime. »

Maman !

Janvier 1971.

Histoire d'un succès.

Je déjeune avec Claude Magnier, auteur dramatique. Elvire Popesco lui a demandé d'écrire pour elle une comédie. C'est flatteur et cela peut être aussi d'un bon rapport. Elvire, âgée, est encore une vedette pour beaucoup de gens, une valeur sûre. Magnier n'est pas tenté.

— Je sors de chez elle. Elle ne peut plus marcher ! Je ne vais pas écrire pour un fauteuil roulant !

Je n'en crois pas mes oreilles. J'insiste.

— Tu ne peux pas rater ça ! Elvire Popesco ! Même couchée ! Réfléchis !

Il est buté, c'est non. D'ailleurs il a d'autres projets.

Dès lors l'envie me démange d'écrire pour un fauteuil roulant. Le véhicule est encombrant, rarement esthétique et prête peu à rire, mais tout dépend de l'occupant.

Qui, quelle rencontre me fait penser à une septuagénaire bordelaise artérioscléreuse, despotique, avare, mauvaise comme la gale et propriétaire de soixante hectares d'un cru classé ? Un article de journal, une émission télévisée ? Je ne sais plus. Je construis un scénario dans lequel je serai le neveu, Albert, l'unique héritier de Violette, la tante. Honnête chef d'entreprise, père de famille, Albert est au bord de la faillite. Il sollicite une aide financière de Violette. Jamais ! Pas un sou ! Égaré, dépressif, Albert envisage de faire assassiner Violette. Confusion, quiproquo, il prend pour le tueur un cadre de la banque Rothschild, etc. !

J'interroge Magnier à propos de Popesco. Il me confirme son abandon. Je vais tenter ma chance, porter l'ouvrage à Elvire.

Elle habite une riche propriété au bord de la Seine, au-delà de Mantes-la-Jolie. Elle me reçoit en fin de matinée, debout, appuyée à un fauteuil roulant.

J'ai joué autrefois au théâtre de l'Athénée-Louis Jouvet, pour Popesco productrice, *La Manière forte* de Jacques Deval, avec Geneviève Page. Salle comble chaque soir pendant trois ans. L'affaire lui a rapporté beaucoup d'argent.

Je n'ai pas ouvert la bouche, tiré le manuscrit de l'enveloppe, qu'elle me suggère de reprendre *La Manière forte*. Je tente de lui parler de *La Soupière*.

— Mais non, mais non ! Robert, tu dois reprendre *La Manière forte* !

Notre rencontre ranime ses souvenirs et son appétit. Mais lorsque je jouais *La Manière forte* j'avais 35 ans ! J'en paraissais dix de moins ! J'en ai 51 et mes tempes grisonnent !

J'insiste encore pour qu'elle consente à lire ma pièce.

— Robert, tu dois reprendre *La Manière*...

Je n'insiste plus. Pour parler net, et malgré l'admiration que j'ai pour elle, elle m'emmerde. Je m'incline brièvement, je fais demi-tour et je rentre chez moi.

J'y crois dur comme fer à ma *Soupière* ! C'est une farce, assez grosse, mais qui doit fonctionner. Je me suis amusé comme un fou en l'écrivant, ça ne trompe pas.

J'apprends dans l'après-midi de ce même jour que le théâtre de la Michodière va bientôt cesser ses représentations. Je vais aussitôt porter mon manuscrit au directeur, Pierre Fresnay.

Le lendemain matin, Fresnay m'appelle au téléphone.

FRESNAY

Il y a des années que je n'avais pas ri tout seul, la nuit, dans mon lit ! J'ai déjà signé pour une autre pièce à la Michodière. Vous devez absolument voir ailleurs. À qui pensez-vous pour le rôle de Violette ?

MOI

Aucune idée !

FRESNAY

Portez le manuscrit à Françoise Rosay !

Ce que je fais dans l'après-midi.

Le soir du même jour, vers dix-neuf heures, au téléphone.

Mme ROSAY

J'ai beaucoup ri ! Quand et où allons-nous jouer ça ?

La Soupière sera créée au théâtre Edouard VII le 21 septembre 1971. L'affaire a été conclue en quarante-huit heures.

Françoise Rosay, l'inoubliable interprète de *La Kermesse héroïque*, remplit la salle à elle seule.

Actrice rare, elle a une voix de basse masculine. À la ville comme à la scène elle est le personnage de Violette, autoritaire, roide, délicate à manipuler. Je renonce à lui donner des indications, elle fait ce qu'elle veut. Et ce qu'elle veut n'est pas exactement ce que je voudrais. Elle ne fait pas rire selon ma méthode mais selon la sienne. Et c'est d'une merveilleuse efficacité. Expérience intéressante : on ne dirige pas une *nature*, on l'exploite.

Nous sommes en 1999. Depuis vingt-huit ans chaque jour, ou presque, *La Soupière* est jouée quelque part, en France ou à l'étranger. Tournées, compagnies d'amateurs, théâtres municipaux.

Le futur roi d'Espagne, Juan Carlos, assiste à la première représentation à Madrid. Il rit. Énorme publicité. *La Soupière* sera jouée quatre ans sans interruption dans un théâtre de la capitale.

Dans le rôle de Violette, trois excellentes comédiennes succéderont à Françoise Rosay. Béatrice Bretty, de la Comédie-Française, Madeleine Clairvanne, Denise Grey.

J'éprouve encore aujourd'hui un plaisir malsain à penser qu'Elvire n'en a rien ignoré.

Pour la centième de *La Soupière* au théâtre Edouard VII, une petite fête chez moi. Magnier me prend dans un coin :

— À propos de *La Soupière*, je me demande si tu ne me dois pas un petit quelque chose, parce qu'enfin...

∞

1973.

J'écris, j'adapte, je dialogue, et je mets en scène un film, *Mais où est donc passée la 7ᵉ compagnie ?* avec Pierre Mondy, Jean Lefebvre, Aldo Maccione.

À mon tour de connaître les critiques unanimes de la presse ! Jamais été autant accablé de reproches !

Mais le film est un triomphe. Des millions d'entrées.

À se demander si les spectateurs lisent les journaux !

∞

1975.

J'écris et je dirige un nouveau film, *On a retrouvé la 7ᵉ compagnie*, suite du premier.

Moins bon, j'en conviens. « Pire », selon votre

journal habituel. Dont, à l'évidence, la critique vous est indifférente puisque les recettes seront supérieures au premier.

Au cours de ce second tournage, sur une locomotive à vapeur dans l'Est du pays, l'équipe technique se met en grève. Une heure, pour je ne sais quelle raison.

On me soupçonne d'avoir fomenté cette grève. Stupide ! Je n'ai évidemment rien fomenté du tout ! Vous me connaissez suffisamment à présent pour savoir que je n'ai pas une cervelle à fomenter ! Je suis trop léger, trop inconséquent pour fomenter ! Mais le producteur-délégué me tient pour un homme de gauche. C'est qu'il est, le producteur-délégué, extrêmement de droite. On le situe à droite de la droite. À la limite. Plus à droite, c'est le vide !

1977.

J'écris encore et je dirige *La 7e compagnie au clair de lune*. Troisième et dernier volet de la série.

Je ne plaiderai pas pour celui-là. « À ne voir sous aucun prétexte », conseille *Le Canard enchaîné*.

Marcel Dassault, l'avionneur, producteur du second et du troisième épisode me demande d'en écrire un quatrième. « La 7e compagnie contre Frankenstein », par exemple.

Je repousse respectueusement son offre.

Impossible de dire aujourd'hui, en 1999, combien de fois ces trois films sont passés, sur différentes chaînes, à la télévision ! Cinq fois, six fois ! Les audimats percent le plafond à chaque passage. La critique se tait, découragée.

Le tournage du premier de la série, *Mais où est donc passée la 7e compagnie ?*, réalisé avec un budget de court-métrage, m'a laissé, malgré mon peu de goût pour le cinéma, un merveilleux souvenir.

Nous n'espérions pas faire oublier *Le Pont sur la rivière Kwai*, autre film de guerre. Mondy, Lefebvre, Maccione, excellents acteurs, ne sont pas des stars. Quant à mes compétences en matière de mise en scène on en doute chez Gaumont au point de m'adjoindre trois premiers assistants et un second.

Les techniciens s'étonneront jusqu'au dernier jour de tournage de mon incapacité à distinguer les objectifs. Je m'en tiens à « plus loin », « plus près », « plus gros », « moins gros ». Ils traduisent ensuite comme ils peuvent. Les travellings et autres contre-plongées étant laissés à la fantaisie du cameraman.

Mais le cœur y est. Tout le monde *en veut* !

Nous tournons dans les bois, dans les champs, c'est l'été et il fait invariablement beau.

Tardivement : merci à Marcel Grignon, à Bernard Noisette, à Gérard Policamp, le monteur, à tous.

La sortie à Paris de notre film fut discrète. Nous disposions d'une unique et modeste salle sur les Champs-Élysées, en haut, à droite en montant vers l'Étoile, le *Mercury*.

Paraît en même temps que la 7e une autre production Gaumont réalisée avec des moyens considérables par un homme de grand talent, au service d'une superstar italienne. Sortie annoncée par de nombreuses et immenses affiches qui cachent Paris aux visiteurs, tandis que nous démarrons aux prospectus et au bouche à oreille.

Deux semaines d'exploitation et les choses changent. Les recettes de ces deux films sont inversement proportionnelles aux moyens mis en œuvre pour les produire et assurer leur promotion.

Je remercie chaque trimestre depuis vingt-cinq ans la société Gaumont d'avoir préféré m'offrir un pourcentage sur des bénéfices qu'elle n'escomptait pas, plutôt que d'accepter le modeste fixe global que je lui proposais mais qu'elle estimait trop élevé pour un débutant ! Tout le monde peut se tromper !

Jeanne Pichon de Vendeuil, née d'Aspe, la tendre et légère maman de Magali, meurt un an après ma mère. Elle s'éteint sans souffrance, à Pau, un soir, devant son poste de télévision.

∾

Années 60, et les suivantes.

Combien d'étoiles plus brillantes sont apparues au firmament du spectacle ! Au music-hall Fernand Raynaud, Raymond Devos. Puis Coluche. Au théâtre, dit « de boulevard », Jean Poiret. Au cinéma, Tati, *Jour de fête*, et un autre géant, Robert Dhéry, ses films, ses spectacles, *Les Branquignols*. Et tant et tant de comédiens et de comédiennes prodigieux, Belmondo. Je les admire, ils m'émerveillent. Je les aime.

∾

Sans éprouver jamais une once de jalousie. Ils sont plus grands, à la place qu'ils méritent.

Et puis, quoi ! À cette date, depuis plus de trente ans je suis sur scène chaque soir. Si j'avais dû disparaître, ce serait fait ! Mais j'ai appris à me connaître : je plafonne ! Je vais donc, sans efforts ni ambition, et sans aide, poursuivre mon chemin.

Ne pas grimper plus haut, peut-être, mais tout seul !

∾

Je vais ici opérer un retour en arrière et revenir aux accords de Munich, en 1939.

J'avais alors 19 ans.

La cohabitation avec maman devenait difficile

à cause de mes rentrées tardives, l'heure du laitier, qu'il me fallait expliquer.

Je décidai de vivre seul. Premier envol timide, je me posai sur une branche voisine. Je louai une chambre de bonne située au sommet d'un immeuble neuf, rue de la République, à Saint-Mandé, et dont le vasistas s'ouvrait sur le rocher du zoo de Vincennes. Je n'avais que quelques pas à faire pour venir dîner le soir chez maman et lui donner mon linge à laver.

Je sortis moins mais je reçus plus.

Je connus ainsi, épisodique, Marguerite.

En mai 1940, je pars faire la guerre et j'en reviens en janvier 1941. Je retrouve ma chambre. Marguerite me rend une visite que je ne souhaitais pas et disparaît de ma vie.

Je vais pendant quelques mois travailler en province.

En mon absence Marguerite, enceinte, parvient à joindre maman qui, ne la connaissant pas, la repousse. Que se passe-t-il alors dans la vie de Marguerite ? Elle ne se manifestera plus.

Ma mère ne me fera jamais part de leur entretien.

Trente ans s'écouleront avant que j'apprenne l'existence d'un fils aîné.

Robert-Jacques T., il porte le nom de sa mère comme je porte le nom de la mienne, n'est encore qu'un enfant lorsque Marguerite meurt, le laissant seul.

Il va grandir, ici et là. Non sans risques. Mais il est fort, courageux, intelligent, il s'en sort.

Il veut retrouver son père. Il ne dispose que d'un nom qu'il a entendu, prononcé par sa mère, Lamoureux.

Détrompez-vous, les Lamoureux sont nombreux.

Il y a, bien sûr, Robert Lamoureux qu'il voit à la télévision, au cinéma, au théâtre. Mais peut-il penser qu'il est le fils de ce Robert Lamoureux-là !

L'histoire de ces retrouvailles, conclusion heureuse de ce qui fut parfois un calvaire pour Robert-Jacques, mériterait un livre.

Il ne m'en voudra pas de résumer.

C'est l'un de ses amis, un pasteur, qui effectue la démarche et m'appelle au téléphone. Il se présente, s'excuse de l'audace, pour enfin me demander si j'ai connu dans ma jeunesse Marguerite T., qui habitait rue d'Avron.

Je confirme.

Magali, Jean-Louis, Catherine, Sophie et France accueilleront Robert-Jacques, sa femme et sa fille à bras ouverts, comme eux-mêmes nous accueilleront.

Je suis également le père, spirituel, c'est ce qu'il dit, d'un comédien aujourd'hui vedette de théâtre et de cinéma. Témoignage d'une gratitude à mes yeux excessive. Je n'ai fait qu'écrire pour lui une lettre de recommandation. Il se doit le reste, une carrière montante vers les sommets.

L'immeuble dans lequel j'habite était alors en construction. J'avais acheté sur plan. Chaque jour ou presque je venais jeter un œil sur les travaux, ce qui a pour effet d'accélérer la cadence pendant dix minutes, le temps de la visite.

Nous arrivâmes enfin aux peintures.

Lorsque j'entrai ce jour-là dans ce qui allait devenir avec trois mois de retard et une révision à la hausse du devis le living-room, les peintres, un jeune garçon et son père étaient au plafond.

Le garçon, sympathique, il avait environ vingt ans, descendit de son échelle et s'avança timidement vers moi.

— Bonjour, M. Lamoureux !

Une phrase assez banale, dépourvue d'aspérités, que le jeune peintre mit pourtant trois minutes à prononcer.

Nous connaissons tous un bègue. Il y en a de charmants. Ils traînent de longues secondes sur une syllabe avant de jeter la dernière comme une balle et terminent le mot, essoufflés mais victorieux. Ce n'est pas un lourd handicap, on peut sourire. Il est néanmoins déconseillé de terminer le mot à leur place, manifestation d'impatience qui les déconcerte et complique encore le débit.

Le cas du jeune peintre était beaucoup plus grave. Il bataillait ferme avec un mot dont il ne se sortait pas, et l'abandonnait pour un autre dont il ne se sortait pas non plus. On atteignait ainsi à l'incohérence absolue.

Son père vint à son secours et me lança du plafond :

— Il voudrait faire du théâtre !

J'ai conservé mon sang-froid et j'ai écrit pour le jeune peintre une lettre de recommandation adressée à un ami, professeur d'art dramatique réputé.

« Cher ami,

Je t'adresse ce jeune garçon, Daniel Russo, qui paraît souffrir d'une légère difficulté d'élocution.

Pourrais-tu... »

Il pourra. Il y mettra son savoir, sa patience et sa bonté. Daniel, sa volonté et sa passion du théâtre.

Daniel Russo est aujourd'hui une vedette à part entière.

Il vous racontera lui-même, sans l'ombre d'une hésitation, le dur chemin qu'il a parcouru.

Nous quittons *La petite ferme*.

Si notre installation à Boulogne s'est faite rapidement, mon cœur a mis longtemps à déménager de Cressay. Chaque matin, pendant des mois, je suis retourné dans la propriété déserte. Les enfants insistèrent pour que nous ne la vendions pas. C'était leur enfance, n'est-ce pas. Et puis, plus tard, pour les petits à naître, etc.

Catherine et Sophie, jeunes filles, y donnèrent quelques parties, auxquelles nous ne fûmes pas conviés, et qui hâtèrent la décrépitude.

Puis elles ne vinrent plus. Des petits naquirent, comme prévu, qui ne connaîtront jamais *La petite ferme* où leur maman courait sur la pelouse qu'égayait le pissenlit, cueillait des cerises avant l'arrivée des moineaux, grimpait dans les branches des pommiers et nourrissait avec du lait tiède coupé d'eau, dans des biberons de poupées, les plus fragiles de mes lapereaux.

Je m'en voudrais de ne pas vous faire partager mes connaissances en matière d'élevage, de reproduction et de commercialisation du lapin. Du lapin courant, vulgaire, domestique, de clapier.

Dans l'un des bâtiments qui faisaient face à la maison d'habitation, je m'étais installé, vous savez que je suis adroit de mes mains, un atelier de menuiserie. À faire pâlir un professionnel. L'établi, immense, avait été construit chez Eddie Constantine, propriétaire d'un demi-village à quelques kilomètres de Cressay. Il possédait une véritable entreprise de travaux publics et faisait construire des stalles pour ses chevaux qui le ruinèrent.

Ainsi outillé, je pouvais aborder la charpente. Manquait un projet. Qu'allais-je menuiser ?

Jusqu'à sa disparition nous allions acheter l'œuf, la poule et le canard chez M. Cauville. Dans une sombre et humide remise se renouvelaient des lapins.

Frappé, sinon ému, par la triste condition dans laquelle vivaient les lapins Cauville, je décidai de construire un ou deux clapiers dans un espace clair et aéré. J'acquis un mâle et deux femelles qui furent logés bourgeoisement dans un second bâtiment assez vaste jouxtant la menuiserie.

Trois mois plus tard j'avais dix lapins pour lesquels je construisis d'autres clapiers.

Comme nous répugnions à manger des lapins

que nous avions vu naître, nos enfants en quelque sorte, je ne cessais plus de construire des clapiers pour les nouveaux arrivants.

À cette époque, j'allais chaque nuit, après le théâtre, faire mon numéro dans un cabaret superchic des Champs-Élysées.

À une heure et demie du matin je rentrais à Cressay, j'enfilais par-dessus mon smoking une salopette de garagiste et je donnais à manger aux lapins. Du chou, des carottes sélectionnés chez les maraîchers locaux dont la situation redevint florissante.

Debout aux aurores, je ne cessais de curer les clapiers que pour en construire d'autres. Une course infernale.

La taille, le poids de mes lapins étonnaient. Jamais, nulle part, en Occident, on n'avait vu d'aussi beaux lapins. Des animaux de concours. Des bêtes à médailles.

J'ai tenu le coup jusqu'à cent vingt lapins.

Tant de lapins ainsi concentrés répandaient une puissante odeur qui couvrait les Yvelines. On sentait le lapin à Montfort-l'Amaury, site protégé, historique et résidentiel, pourtant distant de Cressay de quinze kilomètres, où les plus belles propriétés du lieu se vendirent à des prix dérisoires, bradées.

Des protestations s'élevèrent. On pétitionna.

J'ai cédé ma nombreuse famille par lots de douze individus aux volailleurs de la région et aux hospices.

Les clapiers achèvent de pourrir dans une lointaine décharge du Val-de-Marne où ils furent déposés de nuit, secrètement, comme des produits radioactifs.

Mes amis revinrent passer le week-end.

Un après-midi d'été, vers 17 heures, passé le temps des lapins, les filles, allant jouer sur la friche, avaient laissé le portail ouvert.

Les rares automobilistes qui empruntaient la route étroite de Cressay pouvaient ainsi apercevoir une pelouse fraîche tondue, deux tables et des chaises disposées en son milieu.

De la bibliothèque où nous nous tenions, Magali et moi, nous vîmes par une belle fin de journée une luxueuse auto conduite par un chauffeur s'arrêter non loin de la maison. Le chauffeur ouvrit les portières à deux dames âgées mais fort élégantes qui franchirent prudemment le portail, s'avancèrent sur la pelouse et s'assirent à une table.

— C'est charmant, dit l'une.

— Oui ! Je ne connaissais pas !

Magali se rendit près d'elles.

— Bonjour, mesdames !

— Nous voudrions du thé et des gâteaux !

Sous l'auvent du portail se balançait au bout

d'une chaînette un panneau de bois sculpté portant le nom de la propriété. Cela datait de l'amiral et nous l'avions laissé en place. Une sorte d'enseigne. D'où l'erreur. Les deux dames prenaient *La petite ferme* pour une auberge de campagne.

Magali revint dans la bibliothèque.

On décida de jouer le coup.

Je ne me fis pas voir et Magali, spécialisée dans les rôles de soubrettes à la Comédie-Française, s'en tira merveilleusement. Elle étendit une jolie nappe sur la table, mis le couvert, fit du thé, dora des toasts, beurre, confiture et disposa des gâteaux secs dans une ravissante assiette.

Les deux dames burent le thé, grignotèrent et papotèrent pendant trois quarts d'heure puis demandèrent l'addition.

— C'est offert ! dit Magali.

— Mais pas du tout !

— Si, si ! Nous y tenons beaucoup ! C'est que vous n'êtes pas dans une auberge mais dans une propriété privée appartenant à Robert Lamoureux, enchanté de vous recevoir !

J'étais allé discrètement cueillir deux roses. J'apparus alors et les leur offris.

Adorable confusion des deux dames que nous raccompagnâmes à leur voiture en les priant de ne pas donner l'adresse !

Et nous refermâmes le portail.

En 1979 je m'inscris, de ma propre initiative, au parti socialiste. Je n'y connais personne, je n'ai subis aucune pression. J'ai cherché dans l'annuaire l'adresse d'une boutique du PS à Boulogne et j'ai adhéré.

Je vais rapidement être nommé ceci et cela. Je remplacerai un court instant Roger Hanin à la présidence de la Fédération du spectacle. Ou quelque chose de ce genre.

Ce que je vais découvrir au sein du parti va me désorienter. Il y a des courants. Certains socialistes sont mitterrandistes, d'autres, non moins socialistes, sont rocardiens. L'élection de François Mitterrand à la présidence de la République en 1981, que j'apprends à Pékin, où je villégiature, n'y changera rien. Les courants persistent.

Je suis mitterrandiste, donc rejeté par une partie de la Fédération qui tient des réunions secrètes dans des lieux divers tandis que je préside aux réunions de ceux qui restent rue de Solferino. C'est trop compliqué pour moi. Je quitte le parti.

Je raconte mes déboires à Robert-André Vivien, mon ami de droite.

— C'est pareil ailleurs ! Ne fais jamais de politique ! Tu es trop nerveux !

Je suis toujours socialiste. Mais sans carte.

Et sans eux.

Voyages.

J'ai parlé de la Chine. Je l'ai *faite* en 1981.

Elle dormait encore à poings fermés.

J'ai sillonné pendant trois semaines. De la Mongolie à Hong-Kong. Des myriades de pagodes, toutes semblables, sinistres et protégées par les mêmes monstres hideux et agressifs. Absence totale d'imagination.

Du riz partout, cultivé dans les champs, au cœur des villes, sur les trottoirs, dans les contre-allées, dans les cours, en pot sur le bord des fenêtres. On en trouve encore, mal cuit, sur toutes les tables, dans des bols. Il accompagne des mets étranges, à croquer, à sucer, à mâcher, présentés dans des soucoupes, poisseux, en sauce et de toute façon inaccessibles avec ces saloperies de baguettes. J'aurais dû apporter une fourchette. Et un matelas.

Je n'ai conservé de mon voyage que le souvenir fabuleux d'une armée enterrée sous un tumulus, à Xiang.

Il y a quelque temps de cela, les empereurs chinois, redoutant la solitude de l'au-delà, se faisaient enterrer avec leur famille, leurs serviteurs et leurs armées. Ceux-là étaient enterrés vifs sous le tumulus dans le voisinage du défunt. Moins exigeants, les pharaons, j'ai *fait* aussi l'Égypte, n'emportaient avec eux, dans des tombeaux profonds surmontés de pyramides et joliment décorés, que des ustensiles de cuisine, de la nourriture, des bijoux et l'épouse. La vie du pharaon était racontée en céramique et de profil sur les murs du caveau.

À Xiang un empereur, rompant avec la tradition, fit sculpter une armée entière et l'enterra avec lui, laissant la vie à la troupe.

En 1980 des fouilles furent entreprises et l'armée de pierre, intacte, fut mise au jour. Hallucinant. Des centaines de soldats, grandeur nature, en rang, marchant au pas, dans des uniformes différents, différemment armés, chaque visage avec ses traits particuliers. À droite et à gauche de cette colonne, apparaissent dans les parois, des bras, des jambes, des armes, des visages pas encore totalement dégagés. Hallucinant.

Économe sur le thé, l'organisation touristique chinoise met à la disposition du voyageur, pour la journée, un broc d'eau tiède. On met dans le broc, le matin, une feuille de thé. L'eau tiède du broc est renouvelée au fil des heures, la même feuille de thé servant jusqu'au lendemain. On peut, le soir, à l'hôtel, qui peut être une caserne désaffectée, ma chambre avait huit lits, persister à faire du thé en arrosant la feuille, devenue depuis longtemps inodore et sans saveur, avec l'eau chaude sortant du robinet des toilettes, à gauche dans la cour. Si, bien sûr, de l'eau chaude coule du robinet. Si le robinet fonctionne. S'il y a un robinet.

Moins loin et moins coûteux, à deux heures de train de Paris, Copenhague.

Un quai du port. *La Petite Sirène*, captive sur un socle de bronze, son beau visage empreint d'une tristesse infinie, elle regarde vers la mer qu'elle ne rejoindra plus. Incapable de m'en détacher, je suis resté une demi-journée, assis sur un banc proche, à la contempler.

Je voudrais dire un mot des maux dont j'ai souffert. De ces maux qu'endurent des dizaines de millions de gens sans espoir de guérison.

La migraine.

J'ai été longtemps migraineux. Migraine que je découvrais déjà bien installée à mon réveil trois fois par mois. Sans cause. Après une bonne nuit de sommeil.

Heureux le fonctionnaire migraineux qui au premier symptôme clôt ses volets, s'emplit les oreilles de boules Quies, éteint sa lampe après avoir recommandé à son épouse de prévenir le ministère qu'il n'ira pas travailler aujourd'hui. Il s'allonge ensuite et *attend que ça passe* dans la position du gisant.

Il n'en va pas de même pour le comédien qui doit assurer la représentation. Au plus fort de la crise, quand un battement de paupière lui fait éclater la tête, il joue.

Mes migraines ont cessé il y a cinquante ans, lorsque j'ai abandonné, dans les conditions que l'on sait, le domicile conjugal.

À bon entendeur...

L'acouphène.

L'acouphène est un phénomène circulatoire qui emplit vos oreilles de ronronnements, de sifflotis qui ne cessent pas. Qui ne cesseront plus. Phénomène irréversible qui, une fois déclenché, vous accompagnera jusque dans la tombe.

Le plus savant des ORL auquel vous venez vous plaindre vous apprendra qu'il n'y peut rien, qu'on ne sait pas soigner ça.

— C'est l'oreille interne ! On ne peut pas aller fouiller là-dedans ! Vivez avec !

On ne vit pas facilement avec des acouphènes. C'est l'obsession.

Mon bon ami, le célèbre historien André Castelot a entendu des cloches pendant de nombreuses années. Elles firent place, sans explications, à un grondement de chemin de fer.

Nous comparions nos acouphènes.

— Où en es-tu ?

— J'entends des grillons !

— Tu as de la chance ! C'est plus gai que mon train !

Un Français sur cinq souffre d'acouphènes. On n'en meurt pas mais on peut devenir cinglé.

Il faut prendre sur soi, être patient, ne plus consulter, tenter de penser à autre chose.

Je me suis accoutumé. De ces bruits étranges et incessants je suis parvenu à me faire des amis. S'ils devaient cesser aujourd'hui ils me manqueraient.

Habitant à Maisons-Laffitte, important centre d'entraînement, j'ai fait beaucoup de cheval. Je connais, pour les avoir parcourus des centaines de fois, tous les layons de la forêt de Saint-Germain. Merveilleuses promenades matinales sur le dos de

Gladiateur, un cheval de douze ans, frais retraité des concours hippiques.

La marraine de ma fille Sophie était l'épouse d'un éleveur. J'ai acquis, avec une importante remise, deux bébés chevaux de course, un mâle, une femelle, Grand Gaillard et Giana, que j'avais vus naître, et dont j'ai suivi l'éducation.

L'avouerais-je, je n'ai pas éprouvé moins d'émotion lorsque j'ai accompagné Grand Gaillard à sa première course que lorsque j'ai accompagné mon fils à sa première rentrée des classes.

Quelques personnes que j'aurais eu peu de chances de rencontrer si j'avais persisté dans la machine à écrire.

La comtesse de B. était une septuagénaire de grande allure, veuve à vingt-cinq ans d'un officier assez extravagant tué au Maroc pendant la guerre du Rif, 1925-1926. Guerre meurtrière, dite de « pacification », livrée par l'envahisseur français contre la résistance arabe.

Le comte combattait dans les montagnes revêtu d'un dolman rouge, repérable à des kilomètres. On tombait autour de lui, aucune balle ne l'atteignait. Il devint, pour les nôtres comme pour « l'ennemi », L'HOMME À LA BARAKA, LE CAVALIER ROUGE. Une légende se formait autour de son nom. Jusqu'au jour où un nouveau commandement lui ordonna d'abandonner le dolman pour l'uniforme réglementaire plus discret. Il obtempéra et fut tué le lendemain, quand plus rien ne le distinguait de ses hommes, de deux balles dans le ventre.

La comtesse nous honorait de son amitié, Magali et moi. Nous déjeunâmes de nombreuses fois chez elle, avenue de La Bourdonnais. La compagnie était relevée et j'y étais un peu déplacé. Certains invités de haute naissance étaient également, sans trop le laisser paraître, de cet avis. Nous avions fait la connaissance de la comtesse par la princesse de Faucigny-Lucinge, alors propriétaire du théâtre Edouard VII, cadeau d'un richissime premier mari marchand de chaussures.

Parmi les habitués de la comtesse, la maréchale Juin. Madame la Maréchale, veuve du grand soldat qu'avait été son mari, principal artisan de la reconquête de l'Italie par les armées alliées. Par un biais ou par un autre, parfois même sans biais, elle parvenait toujours à exprimer sa rancune contre le général de Gaulle auquel elle reprochait d'avoir préféré le général de Lattre de Tassigny à son époux pour le commandement en chef des armées françaises. Personne ne se serait risqué à lui rappeler que Juin traînait une casserole assez lourde. Fidèle au Maréchal jusqu'en 1942, il avait sévèrement mitraillé les Américains débarquant sur les plages algériennes !

Cette attitude de la Maréchale entraînait toujours une prise de bec mondaine avec la comtesse, au demeurant sa meilleure amie.

— Si tu continues sur ce ton, disait la comtesse, je ne t'aime plus !

— Je voudrais bien voir ça ! répliquait la Maréchale.

Surmontant sans se plaindre des infarctus successifs, la Maréchale vivait seule à la campagne. Abandonnée par son chauffeur-jardinier elle regrettait de voir sa pelouse devenir une pâture. Je lui offris imprudemment d'aller tondre. Elle faillit accepter.

Le révérend père Riquet. Déporté, il avait eu dans les camps de concentration une conduite admirable. Ses sermons à Notre-Dame étaient bouleversants de foi et de simplicité.

Dans ce milieu conservateur, il m'arrivait d'exprimer, parfois maladroitement, ma pensée plutôt progressiste. Le père Riquet m'observait en souriant. Je me sentais moins seul.

Un vieil homme, dont le nom ne me revient pas, grand, fort, large, vert et plein d'humour, était riche d'histoires ministérielles et secrètes qu'il contait merveilleusement. Survivant de temps lointains, il avait été chef de cabinet de Georges Clemenceau !

Également rencontré chez la comtesse, un très authentique vicomte de Bragelonne. Je me suis abstenu, *in extremis*, de lui demander des nouvelles de d'Artagnan.

Mgr Poupard. Il occupe aujourd'hui près de Jean Paul II une charge importante au Vatican. Solide, rose, gros mangeur, bon buveur, malicieux, le rire toujours proche. Un moine de Saint-Bernardin.

Pierre Lefranc.

On apprécie mieux l'étrangeté de la situation, dans laquelle il se trouva un certain samedi, après le déjeuner chez la comtesse, lorsqu'on connaît ses titres et distinctions. Entré dans la Résistance à 18 ans, en 1940. Proche du général de Gaulle pendant de nombreuses années, il avait été son chef de cabinet. Croix de guerre, grand officier de la Légion d'honneur, médaillé de la Résistance, il a écrit de nombreux livres à la gloire du Général. On ne trouvera nulle part plus gaulliste que Pierre Lefranc.

On lui présente à son arrivée chez la comtesse un vieil homme, précédé du titre de ministre. Le nom du monsieur rappelle confusément à Lefranc qu'ils n'étaient pas du même bord dans les années 40. Il s'écarte poliment et va se mêler aux invités.

Fin du repas, le salon, bâtons rompus, café-fine, cigares, et l'on se sépare.

Il pleut. Au bord du trottoir, le vieux ministre sous un parapluie attend le passage d'un taxi. Lefranc, bonne âme, lui offre de le raccompagner chez lui dans sa voiture. Pendant le trajet, situant mal Pierre Lefranc, son rôle dans l'Histoire, le passager parle du temps où il était ministre de la Jeunesse dans le gouvernement de Vichy. Il évoque avec émotion le maréchal Pétain puis se livre à des confidences. Son gendre a été fusillé.

— Fusillé ? Votre gendre ? Un résistant ?

— Pas exactement !

Le gendre en question était l'auteur de l'attentat du Petit-Clamart qui faillit, en 1962, coûter la vie au Général. Et à Madame. Le Général n'avait pas pardonné.

Le vieux monsieur ne pouvait pas trouver un auditeur plus attentif. Lefranc fut tenté de ramener le ministre au bord du trottoir où il l'avait pris.

Je n'avais échangé que peu de mots avec le ministre pendant le repas. Je lui devais d'avoir vécu six mois comme un pionnier de l'Antarctique au sommet des Cévennes.

Mais que faisait ce fantôme de la collaboration à une table où se trouvaient le révérend père Riquet, Pierre Lefranc et le chef de cabinet du père La Victoire ?

Une erreur dans les cartons d'invitation !

Lié à la famille de la comtesse par son épouse, Paul G.

Écrivain, il l'est incontestablement. L'un de ses livres, remarquable, auquel il donna de nombreuses suites, connut un grand succès mérité.

Il était, comme moi, d'origine très modeste et malgré sa réussite dans l'enseignement et dans la littérature, il en souffrait. Ce qui n'a jamais été mon cas.

Complexe d'infériorité qu'il manifestait par une modestie excessive. Il excellait dans l'humilité, flattant comme on respire, complimentant éperdument n'importe qui sur n'importe quoi, jusqu'à créer l'embarras.

Il était petit de taille, m'arrivait à la ceinture. Un samedi, dans l'ascenseur étroit qui nous montait chez la comtesse, la tête levée il fixait mon menton. Puis, comme devant une perfection pour lui inaccessible :

— Comme vous êtes bien rasé !

Une autre fois, tête baissée, il s'extasia sur mes chaussures :

— Quelles chaussures ! Quelles chaussures !

Que répondre ?

Exigeant avec le petit personnel, il était redouté des maquilleuses de la télévision.

Le rêve de Paul G. était d'entrer à l'Académie française, ce qui lui fut régulièrement refusé malgré les promesses des électeurs auxquels il rendait la traditionnelle visite. La présence de Paul G. à l'Académie n'eût pas déshonoré la compagnie. Il avait du talent et une immense culture qu'il ne laissait paraître qu'en s'excusant.

Il ne décolérait pas de ses échecs à l'Académie. Jean d'Ormesson lui dit un jour, pour l'apaiser :

— Il n'est pas important que vous soyez de l'Académie puisque tout le monde croit que vous en êtes !

Chez la comtesse apparaissaient de nobles généraux en activité. À ces gens de droite, le ministre des Armées, alors Charles Hernu, socialiste, convenait parfaitement. Ce qui ne manquait pas de me surprendre considérant la haine qu'ils affichaient pour Mitterrand. « *Et sa clique !* » Au seul nom du président de la République, ils dégoupillaient ou portaient la main à l'épée.

C'est que le père de Charles Hernu avait été commandant de gendarmerie. Élevé à l'ombre du drapeau, Charles était un des leurs.

Je dois à la comtesse d'avoir pénétré, privilège, au Jockey-Club. J'y ai déjeuné près de Maurice Druon. Nous connaissons tous ses livres mais *Remarques* a pu vous échapper. Trouvez-le ! Un bijou !

Maurice Druon est aujourd'hui le secrétaire perpétuel de l'Académie française. Il en était alors le séduisant jeune premier.

La comtesse fut victime d'une congestion cérébrale. Elle s'en remit mal, marchait difficilement.

À propos de son accident, elle me confia un jour en souriant :

— Pendant une fraction de seconde, je me suis sentie glisser, glisser... Si c'est ça mourir, ajouta-t-elle, ce n'est pas difficile !

Philippe Bouvard n'a pas un mauvais fond.

En 1958 il débutait, producteur-animateur, à la télévision.

Malade, dépressif, incapable de bouger de chez moi, comme une bête blessée dans son gîte, je me suis décommandé à la dernière seconde pour un tournage qu'il avait préparé depuis plusieurs jours à mon intention.

Les conséquences faillirent être catastrophiques pour Philippe.

Un autre m'aurait voué une haine éternelle. Philippe se contenta de me démolir dans *Le Figaro* ou *France-Soir*, chaque fois qu'il en avait l'occasion. Pendant trente ans. Au terme desquels il me téléphona un matin.

— Il y a prescription. On déjeune ensemble !

Ce qui fut fait.

Maurice Chevalier.

Nous sommes allés plusieurs fois déjeuner chez lui, à *La Louque*, à Marnes-la-Coquette.

Du salon aux toilettes l'habitation, ravissante, était décorée à la gloire du maître de maison. Pas un objet, une peinture, une photo, sur la table pas un plat, une carafe, jusqu'au porte-couteau en forme de canotier qui ne rappela la gloire, le passé prestigieux de Maurice. Un musée.

Il fallait ne pas le connaître, ne pas l'aimer pour juger que c'était trop. Cela exprimait l'émerveillement naïf, sans cesse renouvelé, de l'homme devant sa carrière planétaire, commencée sur le boulevard dans le quartier de Ménilmontant.

Maurice Chevalier : un soleil !

J'ai assisté à la générale de son dernier récital, *75 piges !*, à la Comédie des Champs-Élysées.

On avait construit pour lui un proscenium, sorte d'avant-avant-scène qui l'amenait jusqu'aux premiers rangs.

Lorsqu'on entrait dans la salle avant le spectacle on voyait le rideau ouvert. Des rideaux gris pour tout décor. Sur la scène, dans l'ombre, un piano à queue noir. Sur le piano un canotier qu'éclairait un projecteur, comme un rayon de lune. L'effet était saisissant. Ainsi Maurice était déjà là.

La salle s'obscurcissait, la scène s'éclairait. Et Maurice apparaissait, accueilli par un tonnerre d'applaudissements. Suprêmement élégant il avançait d'un pas souple jusque sur le bord du proscenium et s'immobilisait.

Il ne saluait pas, ne s'inclinait pas. Son visage était grave. Il promenait son regard des premiers rangs jusqu'aux derniers balcons, s'assurant que tous ses amis étaient bien là. Le calme revenait, le silence.

Le visage de Maurice s'éclairait alors d'un sourire.

Et c'était le miracle.

Tel était le charme de ce sourire, que la salle, debout cette fois, acclamait.

Avec cet accent faubourien qu'il n'a jamais tenté d'effacer — en anglais il en rajoutait même un peu — il nous remerciait de notre présence puis il disparaissait un instant en coulisses pour revenir, chaloupant et coiffé d'un chapeau délavé de clochard.

Ma Pomme !

Georges Simenon.

Après une représentation à Lausanne à laquelle il avait assisté, il nous convia Magali et moi à passer la journée du lendemain dans sa propriété.

Il était entre deux romans et nous consacra tout son temps.

Je me souviens d'une promenade d'après déjeuner dans un parc immense. Il m'expliqua comment naissaient ses romans. Au cours de promenades semblables à celle-ci, il était soudain frappé par une odeur, un parfum, la forme d'une branche, ou d'une feuille, par un bruit proche ou lointain, et l'émotion, aussi brève fût-elle, déclenchait un étonnant mécanisme créatif que je ne me mêlerai pas d'expliquer.

Quelques heures plus tard, l'écriture commençait. Il s'enfermait dans son bureau où ses stylos pleins, ses pipes l'attendaient, prêtes bourrées d'un mélange particulier. Nul n'avait le droit de le déranger. La maison devait rester silencieuse. Ses repas lui étaient servis sur un plateau qu'on glissait dans le bureau. Ainsi jusqu'au mot FIN qu'il atteignait en quelques jours, au fil de la plume, sans s'interrompre.

J'ai vu ses manuscrits. Pas de ratures.

Une vaste pièce. Sur des rayons, couvrant les quatre murs du sol au plafond, ses ouvrages. Un exemplaire de chaque dans toutes ses traductions. Des centaines de livres ! Autant de films ! Ou presque !

Mme Simenon, la seconde, que nous ne vîmes qu'au déjeuner et au dîner, ne me parut pas être une femme heureuse.

Simenon partait le lendemain pour les États-Unis. Un séjour d'une semaine. Il ouvrit pour nous, en présence de sa femme, un carnet d'adresses new-yorkaises.

Des Dolly, des Sarah, des Myriam...

Il avait aussi des adresses à Rome, à Londres, à Tokyo...

Madame Simenon s'était éloignée.

Au cours de toutes ces années, j'ai refusé un grand nombre d'invitations. Je ne suis pas *sorti* beaucoup. J'ai peu déjeuné, peu dîné. Au désespoir de Magali.

Peut-être aurais-je pu faire une carrière plus brillante.

Il m'a manqué d'être sociable.

J'ai été décoré de la Légion d'honneur en 1987.

J'en ai éprouvé une grande joie, une grande fierté.

Je porte mon ruban en souvenir du petit garçon sans papa, qui trottait dans Saint-Mandé, un pied sur le trottoir, l'autre dans le caniveau et pour lequel j'ai une immense tendresse.

Cet ouvrage a été imprimé par la
SOCIÉTÉ NOUVELLE FIRMIN-DIDOT
Mesnil-sur-l'Estrée
pour le compte des Éditions Plon
en mars 1999

Photocomposition : Nord Compo
59650 Villeneuve-d'Ascq

Imprimé en France
Dépôt légal : mars 1999
N° d'édition : 13040 - N° d'impression : 46168